U0676529

读好江西系列

武宁好客气

黎隆武◎主编

张 雷◎著

中国和平出版社
China Peace Publishing House
北京

图书在版编目（CIP）数据

武宁好客气 / 张雷著 . -- 北京 : 中国和平出版社，
2023.9

（读好江西系列 / 黎隆武主编）

ISBN 978-7-5137-2560-6

Ⅰ . ①武… Ⅱ . ①张… Ⅲ . ①散文集 – 中国 – 当代
Ⅳ . ①I267

中国国家版本馆CIP数据核字(2023)第083732号

读好江西系列

武宁好客气
WUNING HAO KEQI

黎隆武 / 主编　　张　雷 / 著

责任编辑	孙怡雯
装帧设计	胡小梅　孙文君
责任印务	侯世菊
出版发行	中国和平出版社（北京市海淀区花园路甲 13 号院 7 号楼 10 层 100088）
	www.hpbook.com　　bookhp@163.com
出 版 人	林　云
经　　销	全国各地书店
印　　刷	江西茂源艺术印刷有限公司
开　　本	710 mm × 1000 mm　　1/16
印　　张	14.5
字　　数	131 千字
版　　次	2023 年 9 月第 1 版　2023 年 9 月第 1 次印刷
书　　号	ISBN 978-7-5137-2560-6
定　　价	30.00 元

版权所有 侵权必究

本书如有印装质量问题，请与我社发行部联系退换 010-82093832。

爱家乡爱到骨髓里

爱家乡爱到骨髓里——这是我读完张雷女士新作《武宁好客气》后的感受。作为"读好江西"系列丛书的首部作品，张雷的《武宁好客气》带有我熟悉的"客气"味道。

"客气"二字在武宁地方话里，意思是人世间一切的最美和最好。不仅武宁话里有"客气"一词，江西不少地方话里也有"客气"一说，意思都差不多，都是美的代称。

张雷是地地道道的武宁人，生于斯，长于斯。在她的笔下，家乡的一切都"客气"得不要不要的。我也是武宁人。在我眼里，家乡的美哪怕穷尽世间一切美好的语言都难以描述万一。

几年前，我曾经写过一首咏叹家乡的词，名字就叫《武宁好客气》，田信国先生为之谱上了曲，经著名歌唱家吕继宏先生演唱后，传播越来越广，影响越来越大，逐渐成了武宁人的家乡曲。歌云："武宁好客气，诗里画里歌里；武宁好客气，情里爱里梦里……武宁好客气，绝世而独立，江南山水窟，此中有真意；武宁好客气，心旷而神怡，江西风月窝，归去复来兮……"在我的眼里，陶渊明笔下的桃花源，就是武宁人心中的"好客气"。后来我又写了《九咏武宁》的组诗，把武宁的山、水、城、菜、酒、茶、人、戏、歌，夸了一遍。

因为写了《武宁好客气》歌曲和《九咏武宁》组诗，我成了"客气武宁"文化旅游宣传口号的积极倡导者。有一次，武宁县领导邀请我去给家乡的父老乡亲做一场以"客气武宁的文化内涵"为主题的文化讲座，要我系统地梳理一下武宁的"客气"文化，以助力家乡的文旅宣传和发展。经过一段时间的思考，我把《九咏武宁》组诗中的"山、水、城"归纳为生态层面，将"菜、酒、茶"归纳为生活层面，将"人、戏、歌"归纳为精神层面，按照"生态、生活、精神"三个层面和"山、水、城、菜、酒、茶、人、戏、歌"九个元素，对"客气武宁"文化内涵做了一次条修叶贯的讲述，现场效果和后续反响都不错。于是，我萌生了要推出一本《武宁好客气》图书的想法，并邀请张雷主笔《武宁好客气》一书的创作。

初识张雷，源于她的文字，一篇《千古美文〈涌翠亭记〉》让我对家乡的历史文化和山水风情有了惊鸿一瞥的新奇感，从而关注到她的成长。张雷大学毕业后回到武宁，从事电视宣传工作，用15年时间打造了一档《行走武宁》

的栏目，几乎走遍了武宁的山山水水，每一个角落。可以说，在武宁几乎没有她未涉足的地方，没有她不知晓的历史人文故事，也没有她没品尝过的乡土菜肴。在我看来，她的行走，既是地理层面的横向行走，也是时空层面的纵向行走——触摸到了山的肌理，水的骨骼，武宁的轮廓。得益于行走之力，张雷写了不少关于武宁的散文，涉猎面极为广泛。她的文笔清新，语言灵动，情感充沛，是个妥妥的武宁才女。由她来执笔写《武宁好客气》，是再"客气"不过的了。

张雷果然不负所望。她以我的《九咏武宁》组诗为框架，用了近一年的时间，创作完成了十万余字的书稿，字里行间充满了爱家乡爱到骨髓里的"客气"情感。

爱家乡是每一个中国人心中最深沉最原始的情感。在《武宁好客气》这本书里，我读出了作者抑或是全体武宁人爱家乡爱到骨髓里的款款深情。

是为序。

黎隆武

目　录

山

山围九岭一尖奇，势压匡庐幕阜巍。
柳山精舍太平道，桃源归去复来兮。

——黎隆武

环武宁皆山也，以九岭山、幕阜山中九座具有代表性的山峰（九岭尖、武陵岩、太平山、柳山、辽山、伊山、棺材山、吴王峰、老鸦尖），讲述武宁脊梁之山文化的厚重奇崛——九岭尖和老鸦尖是武宁山的高峰，柳山为儒，太平山为道，武陵岩为释，棺材山为仙，吴王峰为三国文化，辽山为义气豪勇，伊山为隐逸，其中有"鸟中国宝"白颈长尾雉、"植物中的大熊猫"红豆杉等生物为群山的怀抱点缀。

五岳归来不看山。

不知道泰山上土生土长的人对山是什么感觉？是否对山还有着对象化的征服欲与求知欲？驱车千里、跋涉数日去探求山的尽头，只为登顶。

这里穿插一个冷知识，泰山最高海拔1545米，也就比嵩山和衡山高，远远低于武宁最高峰九岭尖（1794米），低于幕阜山最高峰老鸦尖（1656米）。再看九岭山脉的神雾山（1704米）、犁头尖（1648米）、武陵岩（1547米），以及幕阜山脉的九宫山（1569米），也就是说武宁最少有六座山峰高于泰山。武宁隔壁的庐山（1474米）更是小老弟，在武宁挤不进前十名。

环武宁皆山也。在武宁，1000米以上的山峰逾百座。

于是，武宁人（特指我）想，山有什么好看的，无非是土、石、草木堆叠组合而成的各种形状。身居山中，窗前门外是山，屋上屋下是山，稻田菜畦是山，生在山，埋在山，睁眼闭眼都是山。飞鸟越不过山脊，视线望不断山背，群山如同箍桶一般把人结结实实地关在山里。

不爬到山顶不知天高地远，爬到山顶一看，天地的尽头还是山。

山里的孩子从小有一个愿望，就是有朝一日能走出这莽莽群山。依托于时代浪潮汹涌，山中人席卷而出，天涯海角无所不至。这时候又知道，人走得出山，魂还在山里。

午夜梦回。月光下墨色淡青的群山亲切又陌生。嶙峋的山脊如同被山兽舔过一般浑圆，原本支棱着的森林草木在微风的吹拂下，呈现出绒毛般柔和的质感。突然，轮廓线波浪般抖动，像呼噜呼噜打着盹儿的猫的脊背。群山苏醒过来，如跃出蓝色大海的鲸鱼，一条接一条从枕边跳出梦境。我仿佛正骑着一座山一般的大鱼，双手紧紧抓着一片光滑而柔韧的脊背，父亲一般厚实而安心的脊背，在月光下群山间跳跃。我胸口充斥着一朵一朵烟花般腾空而起的巨大的喜悦，就要撑开喉咙，从向上扬起的嘴角化作洁白的蒲公英，撒落在深蓝色的山间。

睁开眼睛，在一片失重般的茫然中，心头仍然泼溅着欢喜的水花湿漉漉的余韵。

谁能知道一个游子究竟从什么年纪开始梦见老家的山水？

明明是谙熟于心的样子，多年以后以如此异化的形象出现，使得我有了重新打量它们的冲动。那片生我养我、活我长我的土地，那个摇篮一般哄我入睡的村庄，那些岿然不动的庞然群山，我曾以为如父老乡亲般熟稔的家园，是否有着我完全不曾想象的另一面？

武宁县，坐标赣西北，与湖北、湖南三楚大地相交，脉连衡岳，为吴楚捷径，秀衍匡庐，诸江湖上游。

江西在地理上被称为"吴头楚尾"，这个说法就是从武宁县所处的修河地区得来的。在武宁与湖北交界的九宫山，古代交界处有一山门，门上有一副对联在两地颇为知名——半山上下分晴雨，一岭东西判楚吴。短短14个字写尽山形地貌、资源禀赋与古今人文，熟知历史的人到此读来会心一笑。

这副对联只有在九宫山才成立。

翻开地图，江西的地势南高北低、周边高中间低，可以想象成一兜过滤豆腐的包袱，或者一个承载着六百里山川风月的筲箕（shāo jī），口子向北开着。为什么向北开着？因为中国第一大淡水湖鄱阳湖就在西北角。

小时候我问阿婆，是山重一点还是水重一点？要说水比山重，怎么只听说山压死人，没听说水压死人；要说山比水重，重的东西都往下坠，怎么只见水往下走，不见山往下行呢？

如果从地势来说，果然还是水重，鄱阳湖一大兜水，秤砣一样压在赣西北，张开巨口鲸吞海吸，将江西五条水系吸纳于九江，吐纳之间硬生生淘漉出一片冲积平原，成就了"长江之肺"。其中最清最纯的一根动脉，就是修河。

顺着修河这根苗壮的血管向上溯游，两山夹一水的武宁像一个微缩版的江西，方位稍有偏斜，地势比筲箕更为陡峭，像个簸箕（bò ji）吧。也是周边高中间低，南边有蜿蜒250公里的九岭山脉，海拔1794米的最高峰九岭尖傲视群山，神雾山（1704米）、武陵岩（1547米）、严阳山（1541米）等诸峰罗列如屏，史称"芙蓉嶂"；北方是绵延160公里、横跨湘鄂赣三省的幕阜山脉，最高峰老鸦尖海拔1656米，堆青叠碧的九宫山（1569米）、太阳山（1386米）、太平山（1320米）等奇峰迭出。两山之间，数千条羽状溪流汇入七百里修河，修河如同玉箸倒悬，自西而东流银泻玉，倾倒至鄱阳湖，数万年流注不尽、滴沥不竭。

居住在这里的人们不以山为贵，不以水为珍。无他，熟尔。

异于外来人的审视，本地人看山和陶渊明是同样的态度，"采菊东篱下，悠然见南山"。不管你是奇峰秀出还是怪石嶙峋，是著名还是无名，在陶渊明的眼里就只是南山，与东篱相对，与菊花相近，与家宅相伴。既不值得另眼相看，也无须诧异。

山不在高，不然本地的九岭尖就应该比泰山著名。这里的著名自然是指在人类世界的著名，也是人类文明的著名，名与人是紧密连接的，所谓"地因人传，人因地传，两相帮衬，俱著声名"，也可解释为"金风玉露一相逢，便胜却人间无数"。山是要与人发生故事的，此其一。其二，这个人往往是外地人。

他从远方而来，从没有这般风景的视野而来。他带着诧异的目光和惊叹而来，由远而近，山在他的世界里一点一点显现，装点他的行程，寄托他的抱负，或接纳他的失意，舒展他的怀抱……

4.38亿年前，这里是一片广阔的海洋。由于剧烈的地壳运动，陆地受挤压而上升，形成了连绵起伏的高山。接着人类出现，人类文明诞生，这是一个漫长而缺少记录的过程。再后来，人类文明中出现"山"的概念，人类为山命名，拥有了名字的山如同星星在暗淡的天幕中一一被点亮。

无法考证是谁命名了修河流域的第一座山，山名为何，为何命名。

如同张若虚写《春江花月夜》："江畔何人初见月？江月何年初照人？"这是人类文明历史的永恒之问。

查经据典，幕阜山脉在历史上留下的痕迹早于九岭山脉。《史记》中载"昔三苗氏，左洞庭，右彭蠡，德义不修，禹灭之"。关于大禹时代的记载是见于中华典籍中最早的文字了，"左洞庭，右彭蠡"，这个地理坐标与修河地区特别是幕阜山脉重合度很高。禹灭三苗，让幕阜山脉登上了历史的舞台，甫一出现就与道德圣人、鼓角争鸣紧密相连。

晋代葛洪《幕阜山记》记载山上有石壁刻铭，"上言：'禹治水，登此山'"。这种说法不是孤例，《尚书·禹贡》中也有大禹行经九江湖南一带"过九江，至于东陵"等的记载。这就奇了，大禹踏足幕阜山脉，究竟是与三苗作战还是治水，或者又打仗又治水？倒也不必深究。毕竟此时的幕阜山还只是一个侧影，好似背面敷粉，还未正式亮相。此时它还没有"幕阜"这个大名。有说它叫洞庭山的，有说它叫天岳山的，不急，再等等。等到春秋列国，一代名将伍子胥叛楚入吴，过此山一夜白头。再等，汉末三国分立，吴国大将太史慈扎营山上长年驻守，以拒江东刘表，幕阜山以"风动将军幕"（杜甫诗句）的威仪烈烈与"如山如阜，如冈如陵"（《诗经·小雅·天保》）的美好祝愿，亮相历史长河。

定秤星已落，诸方来归。

你若是先秦之民，在秦始皇逐鹿中原、连年混战中想觅得一块清净之地，远离战场甚至市井，不与人群交际，日出而作，日入而息，过最简朴的生活，用手工劳动来换取吃食，比如割草织鞋，便可入伊山。

武宁县志记载，先秦时，有伊叟为避秦时乱，径入山中。这个只有姓氏流传下来的老人，警惕着外人，编织草鞋放在路边与人交易生活物资，"不与世接"。

既入山中，岂无缘分。人总是需要交流的，不与人相交，也总会有物相伴。某日伊叟路过水潭，捡到一枚碗大的蛋。也许是寂寞，也许是离人远，离自然更近，他把蛋孵化出来，是一条小蛇。明朝《嘉靖志》说"弃之不去，遂养"，这是可信的。离群索居的伊叟不是喜养宠物的性格，然而弃之不去，是缘分。伊叟死后，蛇亦伤心，涌溪石为叟成坟。明代的故事到这里就打住了，可这个结尾哪里符合群众喜大圆满大传奇的天性，于是渐往后演绎渐多，比如蛋，必是五彩晶莹，见之则奇；比如蛇，头顶长角，化形为龙。最后一个版本是这样的，说："蛇果成龙，头顶生角，某年大旱，颗粒无收，伊叟心焦，求蛇化雨，蛇强唤雨，天罚降临，伊叟毙命，蛇化龙鳅，为民解饥。"真是一条"鞠躬尽瘁，死而后已"的好蛇，这就是古"豫宁八景"之一"伊洞龙鳅"的故事。

龙鳅据说是有的，清代的游记里还有目击者，"每年五六月间，洞里涌出小鱼，形似鳅而又头角峥嵘，游出又返，不入大河"。这个洞是真实存在的，位于伊山诗簹的河边，因山洪侵袭、河流上涨，洞口已被堵塞，龙鳅自然也不见踪影了。

巧的是创作出千古隐逸之地"桃花源"的陶渊明，在《桃花源诗并序》中，开首就写"嬴（yíng）氏乱天纪，贤者避其世。黄绮之商山，伊人亦云逝"。伊人是谁，莫非伊叟？

后来伊山还有许多传说，比如汉代的樊哙。

传说樊哙为避汉高祖刘邦的清算，跑到伊山来隐居，留下了樊哙屋场。我看樊哙屋基所在地，就在村庄里头，似与山民们极为亲密的光景，和远离人烟，把自织草鞋放在路旁与人易物的伊叟全不一样。

樊哙毕竟是个热血汉，他想报答山民们的收留，替九十九座山九十九道水九十九个咀的伊山做件好事，把最后一个山咀补起来，凑一个百山百水，和和美美。他自恃神力，趁夜前往峨眉山撬了一块神石，这块石头落地能长，长成一座山，堵住一道水，自然就成了一个山咀。樊哙用随身的伞柄（他为什么随身要带把伞，也是个难解之事，莫非偷石那夜正下雨？为何不捡个天晴的日子做坏事？可能是古语"偷风不偷月，偷雨不偷雪"的训示，倒是个在行的），朝石头上一戳，往肩上一放，千斤重担挑起就跑。樊哙挑着石头往伊山赶，路长夜短，石头越来越重，过横路乡的时候，他看着再过一座山就到了，就坐下来歇歇。谁知坐下来没一会儿，困顿交加的樊哙就睡着了，突然一声鸡啼，天亮了，樊哙的神力失效，这块石头就长在地上拿不起来了。在横路泥山的路边，至今还能看见留着樊哙伞柄戳洞的栋石，上大下小，约有两层楼高。

秦汉两朝都有人躲入伊山，事不知真假，隐逸之山的名气应是不虚。一个有着古老隐者诗意栖居的世界，一个自然与人有着神秘关系的世界，一个伤心人别有怀抱有着几许淡淡遗憾的世界，从山口的河流开始，28公里的源长，进山的路不停扭曲，像一根藤蔓，又像神话里丢下一颗豌豆长出通往神仙洞府的幻象。九十九座山九十九道水九十九个咀，水流里的木柴花，小道上打眼的野樱桃，一蓬一蓬的浆果覆盆子，人家院落的蜂箱花蜜，交错蜿蜒的刚与柔，纵深盘旋的绿和光，空气里挨挨擦擦挤满了伊山味道。

进入现代，伊叟们和樊哙们都退出了伊山。丰富多样的生物，清晰完整的生态圈，伊山以生态优美成为省级自然生态保护区。人类逐渐退出这座野生动植物的乐园，把空间让渡给在别处难以生存繁衍的"弱势群体"——濒危动物。然而事情总是这样，怀瑾握瑜则欲静而不能，近年来，因山里一个特殊的"群体"频频登上央视镜头和微博热搜，全国各地的摄影师摄像师为了拍它们，不远千里翻山越水而来，熬夜等待一睹芳容。它们就是国家一级保护动物——白颈长尾雉、"林中仙子"白鹇（xián）、"天姿之鸟"仙八色鸫（dōng）、"河流顶级捕食者"黄腿渔鸮（xiāo）等多种珍稀动物。伊山观鸟，将成经济，这些鸟届的"伊叟"和"樊哙"将续写它们的故事。

你若是东汉时候来武宁，记得先到城门转悠，特别是立有华表处，说不定幸运的你能目睹"神仙"现世。看见周边有手拿弓箭石块打闹的孩子，赶紧驱赶开。

那日，神仙化作一只修颈皓翅的白鹤，自天外飞来，停驻于华表之上。白衣少年张弓射之，大鸟飞起，突吐人言，口占一绝："有鸟有鸟丁令威，去家千年今始归。城郭如旧人民非，何不学仙冢累累。"然后一飞冲天而去。

这个故事是陶渊明撰写的《搜神后记》开篇之作，被南朝诗人庾信听去，后半生滞留北方不得归乡时写入诗中，自此成了思乡来归的典故。李白跟着写："丁令辞世人，拂衣向仙路。不知曾化鹤，辽海归几度。"杜甫接着吟："天寒白鹤归华表，日落青龙见水中。"苏东坡自是不甘人后："古观废已久，白鹤归何时？我岂丁令威，千岁复还兹。"……

城门不见华表立，山中可寻辽东鹤。城门等不来，就去武宁的山里寻吧。仙人自在山中，《武宁县志》载：丁令威，辽东山人，7岁入山学道。武宁许多地名古迹都与丁令威相关。丁令威修行的辽东山，在今宋溪镇与官莲乡、巾口乡交界处，山中多苦槠树，因名苦槠山。山顶视野绝佳，庐山西海与碧波城市昭然在目，令人心中一快。因山南属宋溪，山北归官莲，叫南北山，又叫界山。但都是胡乱叫的，今人已不知辽东山之名。

辽东山下有丁仙观，本名精灵观，前身是丁令威的故居。《武宁县志》载：令威故宅在县东三十里。《舆地纪胜》又载：精灵观，即令威故居，在武宁县东辽山之东。根据武宁张宁公后裔家谱的记载，唐代张宁公曾经拜访精灵观（也就是丁令威故居），见到东汉时丁令威笔迹，不可辨认。张宁公为表敬意，手植柏树两棵。这两棵柏树见于历代诗文，清朝人写的《重修古丁仙观记》里头就提到："至今观前有古柏二株，大可数抱，相传为十六朝物。"修河边长住的老人还记得丁仙观，也记得老柏树。然而山川景异，丁仙观已沉水下，两棵柏树60年前被榨了柏油。

巾口乡，丁令威化鹤时头巾掉落所化之地。棺材山，最早名为冠峰山，丁令威头冠所化。杨洲乡丁仙崖，丁令威修炼丹药处。紫鹿岗青牛洞，丁令威与仙友王子乔坐骑所化。古县城看鹤桥，逢十五月明可见水中鹤影蹁跹，是当初丁令威所驻。如此种种，不胜枚举。武宁山的仙气，源自陶渊明笔下的神仙丁令威。

你若是东晋时候来武宁，可往武陵岩下，先至修河边的吴王峰，古名啸天龙，拜谒埋下三国孙吴霸业的铁冢。山下一条青碧的瓜源水，水边是孙权的高祖父孙钟种瓜得宝之处。

再到长墅源（今名长水源），吴王以此地为长久别墅而兴建的粮仓处。这些地方都近水边，人们捕鱼为业，源流入口处为小口，极狭窄，通过之后土地平阔，屋舍俨然，有良田美池桑竹之属。清代《长墅源竹枝词》中写"千家星散住山乡，板屋清阴竹树凉"。一幅桃园图画里，避秦人自道羲皇。安静悠远的田园生活画卷中，水流声隐约，鸟鸣声清脆，人们拖着犁耙，说话声亲切，日出月落，土地安稳，世间在经纬之外自有序列。

如果你一定要我给出一个好时间，而你又恰巧喜欢读书，那我建议你在唐朝来，和柳浑同来。

那时柳山还不叫柳山，人们叫它飞来峰。山顶如橡巨石被自然伟力堆叠而起，似被宿命无形捏住的籽粒，投掷在茫茫大江之岸。传说飞来峰确实是飞来的，当年江西福主许逊仗剑追赶孽龙到此，为阻挡孽龙去路，以神剑挑土飞掷，急忙中第一剑距离不够，落地而成柳山，被孽龙躲过，又奋力挑起第二剑，然用力过猛化作辽山，孽龙游走于两山之间，汹涌而前。

峰从几时飞来，无人在意。它伫立于大江之旁，从东南视之，孤峰耸翠，卓立如笔，秀绝江表；绕自西南方向，又见双峰并立，一雌一雄，倒映水面，堪称清绝。发轫于九岭尖的黄狮港水在山脚下汇入修河，大小河流如项圈一般环住柳山，山如翠浪涌，水作玉虹流，后世宋人在山脚下建涌翠亭，可谓不虚此景。

飞来峰原本可以一直翼然如飞，只做一形胜之山，只是历史不允许。它见山水中有如此灵秀，若只是混沌蒙昧，未免太过可惜。于是它自千里之外，指引一个人物，逆长江，溯修河，来到山前，为山倾倒，演绎出一段山因人名、人因地显的风雅故事。

这个人就是河东柳浑，绘像凌烟阁的唐朝名相之一。自柳浑来后，飞来峰就跟他姓，改名柳山了。

《舆地纪胜》卷二十六载："柳山在武宁县西四十里，峰峦峭拔，甲于群山，远望如文笔状，为武宁志绝景。旧传柳浑尝隐于此，故号柳山。"《唐史·柳浑传》亦载："浑尝弃官隐武宁山。"

这些事确凿无疑。记录柳浑生平更详细一些的，还有唐宋八大家之一柳宗元写的《银青光禄大夫右散骑常侍轻车都尉宜城县开国伯柳公行状》，自晋代永嘉年间，柳浑的先祖柳卓从河东到江左入仕都交代得清清楚楚。

这篇文章里有很重要的交代：其一，柳家自柳卓开始就离开河南，在江左一带的南朝入仕。其二，柳家世代为南朝写史。

公元714年，柳浑出生于文史之家，天宝年间（公元742年）中进士。柳宗元说河南汝州进士一百多人，"公为之冠"，应该不至于美化到成绩作假。在唐代，河南为中原文明积厚之地，这个"冠"还是挺有分量的。

"冠军"柳浑踏入官场，做了单县的一名县尉。任期满了以后，隶属今山东省菏泽市的柳浑被江南西道的官员连帅看中，调到了永丰代掌永丰令，因表现出色，升任丰城县令，后授衔衢州司马。

读诗的人对司马这个官名都不陌生，唐代官员尤其是几位大诗人贬谪，都当过州司马。江西人最熟悉的自然是白居易，"江州司马青衫湿"，韩愈、刘禹锡、元稹也都当过州司马。到唐诗里搜关键词"司马"，那真是"司马并马行，司马马憔悴"（元稹）。不过柳浑不同，司马最次是六品官，对他来说算升职。然而柳浑却做了一个惊人的决定，弃官而去，隐居武宁。

柳浑活了75岁，根据柳浑与亲友来往的书信来看，"安史之乱"（公元755年开始）前他就已经在武宁山中，到永泰初年（公元765年）还没有出去，他在武宁待了十年以上。算算年纪，这时柳浑应该40岁左右，正是人生中最为璀璨精华的一段时光。

天下有那么多地方可去，柳浑偏偏选择了武宁。武宁有九岭幕阜那么多重山峦，柳浑偏偏选择了柳山。

"衢州司马爱读书，手持遗经叫山慕。"柳浑隐居武宁可不是和伊叟一样离群索居，编草鞋为生，他到武宁是来读书。从古到今，读书都是一种奢侈，今人是书难读，古人是书难得。

柳宗元早有交代，柳家世代编著史书，家中想必有藏书万卷。而柳浑也不是独身一人到武宁山中茹毛饮血，他是举族迁移至修河地区，他的族兄柳识和河东另一大姓裴氏都来了。

不知道柳浑具体是哪一年来到武宁，也不知他是先看好了武宁才弃官的，还是弃官之后途经此地，一眼万年当即拍板留下的。他带着书，带着对理想的坚守，带着大唐风雅，从历史里走来，沿修河逆流而上，走进了柳山。

从此，九岭幕阜的翠浪中回荡着书声琅琅，修河的波涛里流淌着诗文辞章，因山川地理避居一隅的武宁，文明流布，风雅开化。

中国历史上文化重心自黄河流域向长江流域迁移，所谓"衣冠南渡"，魏晋南北朝时期有过，九江出了个陶渊明；唐朝修通庾岭的梅关古道，南北交通从长江抵达珠江至海洋，从此唐宋文豪诗人的被贬之路都少不了在梅关道上的吟诵抒怀。但这些都与武宁干系不大，广袤的修河地区还在文明边缘之外。直到柳浑的到来，他以柳山为笔，以修河为墨，以身为则，书写了武宁的文化之路。

柳浑在武宁的那些年，修河很热闹。"群公交书，诸侯走币"，这不是柳宗元的夸张。粤稽志传，柳贞公隐武宁时，裴（河东名士裴倩）、袁（礼部尚书袁高）、萧（宰相萧瑀之孙）、李（左庶子李勋）诸公，一时选胜，偕至流连唱和，极尽崖壑烟霞之乐。唐人吕温《裴氏海昏集序》里说："江左缙绅，诸生望之如神仙，藐不可及。每赋一泉，题一石，毫墨未干，传咏已遍。"那是何等盛况，"修江数百里内，诗筒游屐，后先络绎……"

为武宁吟咏盛况充当最佳佐证的是李白。李白"手持绿玉杖，朝别黄鹤楼"，跑到庐山巴巴地写诗，"遥见仙人彩云里，手把芙蓉朝玉京"，盼着好朋友卢虚舟和他把臂同游。盼哪盼，望呀望，可卢虚舟这家伙在哪儿呢，让李白等得好苦。结果他在武宁柳山，参加柳浑的读书会，乐不思归，只能失约于诗仙了。

有学者说柳浑是为避"安史之乱"而来的。他弃官之时，"安史之乱"还未爆发，唐明皇还未幸蜀，杨贵妃未死，大唐帝国至少在京城以南还是歌舞太平。柳浑却已从盛景里预感到了大厦将崩之状，抽身而退，潜心读书，果然他也得以保全。最重要的是，从武宁出山之后，他既有识人容人的器量，又有预见吐蕃反叛的谋断，对君主直言不讳，对百姓顾念生计，一路青云直上至画图凌烟阁，却不谋私利，不置产业，始终不失当年隐居武宁山中读书的本色。

柳浑精舍，是"豫宁八景"之一，与之相对的是"郑郊草堂"。郑郊是宋代一位在武宁县城种荷花、养鸳鸯的隐士，是黄庭坚的好友。黄庭坚寻访他吃了闭门羹，题诗墙壁，因此流传。

精舍，是什么样的屋舍？我以前顾名思义地以为就是建筑精致的屋宇，毕竟常有贵客来访。后来想，唐代在山上建造不一定会住多久的房屋，人力物力都难达到"精"的程度，也许"精舍"是一种修辞，规模或许还不如郑郊的草堂。

如今一讲精舍，以为佛门修行处所，其实精舍最早是指儒家讲学的学社。东汉时，经学家传经授徒的风气大盛，便设立精舍讲学。后来，道家与释家也都沿用了"精舍"的叫法。今人不妨将精舍看作是修身养性、潜心向学的场所。这样看来，柳浑精舍应该算是武宁最早的私人学院，也有着规格最高的讲师。

柳浑读书，讲书，传学，颇具影响力。他离世以后，人们为他立祠纪念，祠后据说有柳浑手挖的古井一眼，直到今日还是山上的饮水之源。到了宋代，义门陈家搬来山下，在柳贞公祠的基础上建了柳山书院，自此武宁的文化兴教出现了一个小高潮，罗溪廉村叶家十进士以"廉"修身、棣华堂周家八进士友好和睦、山背冷家十一进士互为师友等，涌现出了一大批有影响的读书人，宋代有记录的进士就有63名。

柳浑对武宁的影响不止于此，慕名而来、入山怀古者络绎不绝，县志里收集的写柳山的诗文上百篇，为武宁之最。

唐朝国子监祭酒张宁，和柳浑同朝为官，比柳浑小17岁，因与当朝宰相卢杞不合，追慕柳浑偕家归隐武宁。出京前卜得卦辞"遇鹿则止"，到达武宁后，在官莲的三港口休歇，见附近山气清旷，非方外人不可狎也，一问为紫鹿岗，联系卦辞，遂即安家在此处，称为武宁紫鹿张姓始祖。

有意思的是，与张家人同在一个山头的卢姓，据说是张宁公为避之出走的宰相卢杞的后代。两家人兜兜转转又在武宁相逢，彼此间虽无冲突，却世代不结姻亲。

柳浑给武宁带来的另一个影响是到山里去读书。柳山上有巨石，传为柳浑之读书台，人们仰慕柳公，就不免仿之效之了。一时间，武宁的山上多了许多"读书台"，好似一个读书人不避居山上读书就难成名士了。首先效仿的当然是柳浑的第一号"粉丝"张宁公。张宁公墓地所在的苦槠（zhū）山上也有读书台，内有山洞，清溪宛流洞前，洞旁兰草丛生，有天生的石桌石椅，一株古藤缠绕其上。张宁公领着6个中了进士的儿子和族人在这里流连，后人传为"书台洞"。

到了宋代，杨洲状元峰有南宋状元之师江万里的读书台；元代神童山有史志方家周应合之子、豫章郡公周添骥的读书台。周添骥是有名的神童，7 岁能赋诗，10 岁以一句"九春日暖凤龙翔"对上了当朝皇帝宋理宗随口出的上联"八月风高鸿雁远"，得到"魁文显武"的题赠，后来应神童举，15 岁就出任太和主簿。原《武宁县志》主编张竟渊是周神童的拥趸之一，把他 7 岁时写的书斋诗"年光容易逝，努力在春畦。莫待秋风起，梧榕落晚溪"手抄压在书桌的玻璃板下，以为勉励。可能周添骥的名头着实太大，从他以后，"某某读书台"就少了。

说回柳山，朝代更迭，光阴荏苒，柳山书院屡毁屡建，到民国时，李烈钧将军还曾骑马上山避暑。如今，柳山半山腰处迎来送往的山门前，有清代重建的石碑，上刻春夏秋冬四时即景诗：

> 初日晖晖照翠台，庭前昨夜碧桃开。
>
> 一帘香雾微风动，知是仙人跨鹤来。（春）
>
> 深院棋声日正长，博山添火爇沉香。
>
> 道人鞭起龙行雨，带得东潭水气凉。（夏）
>
> 天院凉风似水流，山中瑶草不知秋。
>
> 黄庭读罢无余事，铁笛一声闲倚楼。（秋）
>
> 养就还丹不怕寒，独骑黄鹤上云端。
>
> 笑谈若得天家雪，散作琦花满石栏。（冬）

这些诗句究竟是谁作的，自清代就有争论，有说是黄庭坚写的，有说是白玉蟾写的，前几年，九江学院的吴国富教授几番找寻，发现与明代大儒罗汝芳诗集里收录的诗句大体相同，只有几个字不一。论证文章一出，自然是尘埃落定，只留下白玉蟾的追随者怅然若失。

是和1200年前的柳浑一道读书讲学，还是和800年前的白玉蟾一起喝酒舞剑？如果要我选，我选白玉蟾。

白玉蟾是继柳浑之后与柳山结缘的一位妙人，也是南宋一位有名的道士，道教南宗五祖之一，诗词歌赋、书画论道无不精通，有一千多首诗文传世。公元1218年，琼山白玉蟾携琴背剑渡修江，飘飘舟上，见柳山"翼然如舞天之鹤，婉然如罩烟之龙"，不由扶剑而长呼，顾天而长啸。当时正值李亚夫在柳山上修建涌翠亭，邀请白玉蟾写文章以记。白玉蟾婪酣百盏，欣然命笔，立马写下玉树冰壶般韵律铿锵的《涌翠亭记》，以柳山的春夏秋冬四时佳色为流动画布，朝晖夕阴的日月之象为永恒造景，一忽儿山光浩荡、江势澎湃，一忽儿月华如水、流萤飞舞，一忽儿黄鹂呼春，一忽儿千山见雪，真是闲中日长，静里天大。他笔下的柳山独在一个异想遄飞的时空，白玉蟾则独与天地精神往来，畅想着一段自由人生的浪漫生涯，写就了他一生中最为瑰丽又最有激情的文字。

关于柳山，最不合理的是黄庭坚回修水必会路过柳山，他又经常盘桓武宁寻友论道，却没有只字关于柳山，怪哉！他的后辈老乡也是宋代名相章鉴，在《柳公祠记》里赞美柳山"其端重类君子，其秀雅类学士大夫，其幽闲靓深类隐者，其崒嵂巉（zú lǜ chán）绝类奇杰特立之士"，不乏溢美之词，宋代之后吟诵柳山的诗文达百篇以上，唯有黄庭坚一言不发。

而说到柳山，不能不提辽山。在修河神话体系里与柳山有着共同来源故事的辽山，湮没于历史太久。它明明一直杵在柳山的对岸，杵在人们的眼皮子底下，作为"官方媒体"的地方志却一直刻意漠视它，避讳它，冷落它，消除它，只在一篇文人自己辑录的游记里留下过辽山一鳞半爪的身影。

"辽山对柳山，樟潭对饶湾，水冲河坑岩，火烧澧（lǐ）溪街。"这是一首嵌着地名和故事的民谣。中国人喜欢成双成对，不管是男女夫妻还是周瑜孔明这般的对手，皆如此，辽山柳山也被安排成了一对宿命般的兄弟，而两座山的命运和气质又是如此的天差地别。

辽山不高，720米上下，柳山其实也不高，580米左右。但在人们的眼里，它们的视觉效果比千米以上的山更显挺拔雄峻。一是地理环境使然，二是历史积淀。两座山都不与那些比自己高的山挤在一起，独踞一方，自然出众。柳山独立修江，自不消说，辽山为武宁西片区标志，旧时四乡镇以辽山为晴雨表。民谚说："辽山戴帽子，落雨不大事（不要紧）；辽山系根带，落雨落得快；辽山穿衣裳，落雨落得长。"可见武宁人对辽山的依赖。

辽山外形奇特。纵观武宁的山，多以尖为名，如九岭尖、老鸦尖、阳岩尖等，柳山自来被形容为笔尖，山上曾有古石碑留字"柳峰尖"，辽山却是圆的。从清江方向看过去，辽山圆溜溜的像鲸鱼脑袋，浮现于群山间，一眼就能识别出来。

对于辽山不合众的圆，武宁人总能说得周全。传说同为许逊将军挑土而化的柳山辽山，相互较劲，拼着长高，今天你长一寸，明日我长一尺。辽山俗称"十八撑"，由18个小山包堆叠而起，比孤挺的柳山积累厚，自然就长得快。因为辽山长得太高太快，撑破了南天门，把上朝的神仙绊了一跤，就被玉皇大帝下令削去山头，永不许再长，所以辽山就冒不了尖了。辽山雄心竟如此，只可惜壮志难酬——"悲壮"成了辽山传奇的基调。

真论起来，辽山的来历比柳山古老。上古时期，就有古越人之僚人一族，生活在修河地区，后被大禹驱赶至川蜀云南之地，还留在修河边的一支则退居辽山，因而名之。唐代"安史之乱"后，群雄割据，藩镇自立，辽山脚下一个叫曹和的好汉因反抗赋税繁重，揭竿而起，在辽山立起山寨，拉起人马，自封为王。几十年前，当地文物部门在辽山发现一座刻有"辽山砦"的石碑，证明辽山立寨确有其事。

话说曹和在辽山立寨，在山顶遍种果树，环山头建跑马坪练兵马，于山下百姓秋毫不犯，粮草从湖北运来，人丁从湖南征收，民望极佳。山高皇帝远，一时也无人来管，曹和自以为永固，于是一拍脑袋，自立为天子。（船滩镇辽田有曹和墓，当年改坟时当地人亲眼见旧墓碑上有"曹和天子"字样。）这就犯了忌讳，当时正值唐朝"元和中兴"之帝唐宪宗当政，这位皇帝以整治藩镇割据名彪史册，于是派出沈太师，破了辽山寨。

这里也不详叙沈太师如何以悬羊击鼓、声东击西等招数奇袭，火烧辽山寨，那都是唐朝演义里的路数。且说后事，曹和一死，满门灭族，曹家人抽去头上一横，改姓为曾，依然住在辽山脚下的辽田村，从明朝起就供奉曹和殿，殿内设有曹和大王、曹和的三位太子和列位将军，曹和的坐骑为白马，另有一处白马庙单独供奉。

在曾家，还流传许多神奇的故事。比如曹和的大儿子，当地呼为一太子，其箭术高明，会法术，座前御有白马、白鹤，白鹤能送书信、运粮草，白马则通人性。传说辽山寨被攻破那夜，一太子奉命出巡九宫山，在山顶见辽山火光大作，知事不好，先遣白马前去助父亲曹和，自己则驾白鹤飞来。可惜无力回天，乱中窥见沈太师，他一箭射去，正中沈太师屁股，后沈太师箭伤不治而亡。曾家人说沈太师的神像上，屁股处还绘有一支竹靶。

又说一太子怨愤而死，死后威力无穷，当时，在湘鄂赣三省有一出戏剧《独角山》，改名换姓上演着辽山的故事，传说每次一演这出戏，扮演一太子的演员就会被"附身"，于是没有剧团敢演了。后来这出戏在江西绝迹了。

近年来，有人出价百万，来曾家买《独角山》的剧本，可惜曾家人也不知剧本去向。

再说沈太师。据说沈太师致仕后也迁居辽山下，当年他挟官威驾车而来，下车的地方如今小地名就叫"下车"，沈家也叫作"下车沈家"。风闻这位沈太师面红背弯，当地人暗呼为"沈虾"。船滩流传有一道特色美食，名为"炸虾须"，做法可以看作是南方的"韭菜盒子"，以韭菜裹糖和面粉，入锅油炸，韭菜微卷如虾须，暗讽"沈太师入油锅"之意。"炸虾须"鲜香扑鼻，口感焦脆，殊为美味，不知"始作俑者"为谁。

我也去了沈家，他们自然又有另一番道理。沈家人自言从汉朝就居于辽山脚下，唐朝攻打辽山寨实有其事，乃唐元和四年，不过领军人物不是沈太师，而是他的孙子守公。沈太师是文官，守公才是武将，后来他因破辽山有功，奉为神策将军，还曾拜过侯。沈将军攻打辽山用的也是奇招，不过不是火攻，而是在元宵节之夜，山脚下悬羊击鼓，鼓声震天，用以吸引辽山众人的注意，暗地里却派兵悄悄地从众人以为最不可能攻山的悬崖处攀爬上山，这才破了辽山寨。沈氏后人沈为焕说，1969年他在辽山烧炭，挖炭窑时曾挖到两枚箭头，生铁铸的，还没有烂，足有七八寸长。

曾沈两家千年来同居辽山脚下，相距不过十里，却互不通婚，至今依然。

辽山还有几桩奇事。辽山脚下平地突起一尊二十多米高的石头，形状酷肖一妇人，胸前抱一子，背后驮一子，传说这是曹和的妻子在守候曹和归来，风雨不去，久之化为石头，山里人唤之"石人婆"。清代文人记有民谣："石人婆，石人婆，终朝仡立望阿哥，山中岁月易相过，日望阿哥可奈何。"石人婆隔河相望处有石人公，"但等河枯水干日，公婆相会辽山坡"。当地人崇拜石人婆，许是敬它坚贞守候，许是敬它慈母情怀，家中有小孩子的多拜它为寄娘。

石人婆不经斧凿，天生成曼妙身姿，我视其为武宁的"阿诗玛"。第一次去看石人婆，是夏日的清晨，云雾如披，石人婆绰约而立，如神女降临，令人望而生羡。从石人婆东南方视之，却是另一副崭新的形象，石头主体似一男一女头靠着头，肩并着肩，深情相拥，两情缱绻，莫不是石人婆千年期待，上苍以另一种方式使故事得以圆满？奇哉！

辽山的石头也奇，整座山体都是大理石，雨滴风吹，腐蚀出千姿百态，自然裸露的石头表面如生刺，不能坐人，不然如坐针毡。辽山的树木却是真生刺，有一种树木不知其名，浑身长满尖刺，不见绿叶，偶尔树干上有红色如血的液体，不知是否为树汁，奇煞人也。盖辽山乃世间不平之气所聚，故使山能立寨，人能成王，连一石一木都桀骜不驯，与众不同。

辽山柳山，同出许逊剑下，同是唐朝古事，柳山得名于宰相柳浑，辽山传奇于山大王曹和，一高居庙堂，一落拓江湖，文武殊别。翻阅旧志，古来游柳山、怀柳浑、慕学风、祈官运者不知其数，辽山则因反叛山大王曹和，史书避而不载，籍籍无名。我辈中人，岂能等闲视之，一笑耳。

说到唐朝故事，在儒道之外，还有释家。

严阳山，1520米，九岭山支脉，武宁与靖安的界山。严阳山有三绝，山顶石峰戗天、如枪如戟如蛇如塔，断壁峭崖不可胜数，浓云薄雾、须臾则至，如有神异，奇绝。山间碧潭琉璃，水色青翠，石洞通窍，为夏日戏水天然滑梯，冬日冰瀑倒悬，水晶帘洞玉树花，幽绝。山下石镬洞，亿万年造就的地理景观，历代求雨圣地，有宋代进士周友直手写的"石镬（huò）洞"摩崖石刻，须毫毕现；清代重建的龙王殿，刻有嘉庆甲戌年（公元1814年）的对联"混混原难蠡测测，昭昭水以龙灵灵"，八个叠字成联，可供玩味。石镬洞中水，天干不枯、水满不溢，昔日是严阳尊者打坐流连之地，颇得禅意，静绝。

严阳山原无名，因晚唐时期，赵州古佛的弟子严阳尊者在山中修行而得名。据佛教经典《五灯会元》载，严阳尊者名善信，洪州武宁新兴人，是一代高僧赵州和尚的法嗣。

据说严阳尊者初次参见赵州和尚，问："一物不将来时如何？"这句问话相当于禅宗另一个著名的公案，禅宗五祖神秀说自己"时时勤拂拭，勿使惹尘埃"，极致清净。严阳尊者的意思是说，我一物无有，什么都放下了，师父您看我怎么样？

赵州禅师答："放下着。"

严阳尊者又问："既是一物不将来，放下个什么？"

赵州禅师答："放不下，担取去。"妙极，恰似六祖慧能的"本来无一物，何处惹尘埃"。

严阳尊者听到这里，有所领悟。之后，他回到老家武宁，盘桓严阳深山，倏忽来去，坐卧随心，后修建明心寺弘法。传说他出行常有二虎一蛇相伴，不知道是不是将禅宗用语里的"似虎奔山"望文生义了。

关于严阳尊者的另一记事也有些神化了。据说他圆寂前告诫弟子，不要为自己沐浴。既殁，在寺西建塔。到了宋代淳熙年间，启塔，奇异的事情发生了，他的遗体居然一直在生长，发长垂至脚踵，指甲过臂。后人不明觉厉，遂将此山命名为"严阳山"，并建严阳庵祀奉。

尊者仙逝，后人凭吊者不知凡几。宋代诗人韩驹是被黄庭坚赞为"超轶绝尘"的江西诗派重要人物，在他那个年代，严阳尊者的事迹依然广为流传，他吟道："石根路转白云深，坏壁遗椽可细寻。只道来时无一物，尚留陈迹到如今。"

陈迹何止于宋代，如今严阳的大寺里，残存的屋基门槛，依稀可辨曾经的壮丽。佛寺存在的另一个证明是火纸产业的兴盛，到民国时还有三座造纸厂，全乡三千多人口，一千多人从事造纸行业。其中，一家珍华造纸厂年产火纸一千余担。

严阳山是阔过的，山体宏大，源流深远，里面原有一个乡，明代山上也曾立寨，说起来，武安寨的声名远大于辽山寨，寨主胡绍远兄弟曾掺和过朱元璋与陈友谅在鄱阳湖的大战，不过在故事的演变中退去姓名，成了力大无比、腋下夹着筐箩就可以飞到罗溪街买肉的彭鹞、刘野猪、李拗骡几位寨主。在朝廷探子来探虚实时，几位寨主牛魔王扮作小钻风，乔装坐在山下编一米长的草鞋，把自己的武功好一顿夸耀，让朝廷打消了剿灭的计划，任其自生自灭。

武宁的高山多有连绵堆叠之处，山中可耕田、栽竹、种茶，各项出息足够养活人，其中又多有山势险峻、头角峥嵘之处，一夫当关，万夫莫开，于是开山立寨的故事也多有耳闻，辽山寨、武安寨之外，石渡山中女人当家的鹅婆寨、宋溪小东山的烟岩寨也各有传说。传说也自是有套路的，比如肋下夹个筐箩就能飞，基本上是寨主们的标配了，乡间或赞或骂那些顽皮又机灵的崽俚（男孩），"夹个筐箩飞得起"，可见"山寨"文化流传之广之深。

俱往矣，辽柳与严阳古迹难觅，古人不见，徒留话柄与人说。群山莽莽间，难道没有一直延续不断的传承、可以眼见手触的历史了吗？

当然有，比如太平山。

太平峰高齐五岳，磅礴大气生岩壑。

山顶的天乙佑圣宫，为太平山"祖师爷"章哲于南宋理宗六年（公元1230年）开辟的道场，历经近800年风云，宫殿数度兴废，殿前宋代的石雕狮蛇龟象，依然镇守日夜；门楣上元朝皇庆帝的敕书"天乙佑圣宫"匾额，气势浑然；殿中明朝成化帝钦书"通真宝殿"，墨漆如新；最令世人惊异的是殿后六角塔内，章真人的真身依然端坐神龛，炯炯若明。每年农历二月十九日的章真人生辰，赣鄂两省的信徒一年一度为章真人换衣沐浴，众人争饮古井水，是除八月朝仙月外太平山最盛大的节日。

太平山在章哲开辟道场前叫丝罗山，《太平山志》记载："群峰相供，万壑来朝，层层叠叠，如丝罗围绕不断，故名。"公元1202年，山下一名孩童出生，名章哲，字权孙，自幼好神仙道学，长大慕道修真，遍游名山，于武当学道功成，悟道非清静之境不能修成，于是入丝罗山，结茅为庵。章哲53岁时游九江石板江，寓居义父石公家，飘然羽化升仙，留下一药方，让弟子如法炮制其遗体。石公令人护送仙体到丝罗山茅庵，章哲真身双瞳炯炯，面貌如生，如此灵异，引动十方善男信女捐金，为真君倡修宫殿。

后来的故事就有意思了，在章哲真人逝世后的元代和明代，他突然化身显圣，两朝皇帝都对他进行了加封。首次是在元朝皇庆二年（公元1313年），章真人化身为太后医治疾病，疾愈，皇帝感其功，敕封章哲为"天乙佑圣宫自然广惠真君"。到了明朝成化帝丁亥（公元1467年）春天，章真人又突然显圣，助战有功，成化帝为了表彰其功绩，钦书"通真宝殿"，并加封他为"仁天教主太平护国天尊"。至此，丝罗山更名为太平山。

我查阅了明朝历史，成化帝即明宪宗在位期间，确实在丁亥年有一场著名的战争，差点把努尔哈赤的祖先灭族。当时大明军队大获全胜，擒斩女真人1700余口，将建州女真族董山处死，明朝称此战为"犁庭扫穴"，因为事发丁亥年，又称"成化丁亥之役"。不知章真人在此一役中是如何化身助战的。可能性较大的是章真人一脉的弟子在其中助力，立下战功，请求皇帝赐封祖师爷，彰显灵验。

至于元代章真人化身为太后医病，或许也是弟子效劳，祖师得封。古代道医颇有灵验偏方，章真人对医学一道也有心得，太平山上的香火林本就是章真人的种植草药之地。据太平山上的道长讲述，佑圣宫所在的位置为一宝穴地，两边山坡隆起如扶手，扶手上生有一种叫作"猫须草"的药材，对肾结石、胆结石等病症有奇效。想来元太后当时年纪应在40岁以上，西北民族饮食油腻，后宫女子幽居深宫养尊处优，活动量少，如此种种皆符合胆结石、胆囊结石的发病条件。古代没有彩超，难以探得病源也难医治，若太平山人献草药立奇功，也不无可能。

混混沌沌，形容难罄；活活泼泼，形神超脱。太平山上，章哲所创立的玄门广慧派，至今已传40代，香火从未断绝。还有一桩趣事，当年太平山道人向北京白云观道协登记道派谱系，竟查无此派，可能因为过于古老，与它同派系的大宗都已湮没于时间洪流，惟太平山一脉传承至今，可谓活着的历史。是山有灵？人有灵？自然有灵。

太平山是不可见的。1329米的主峰如莲房一般被层层峰峦和山岭包裹，人如蝼蚁，只能见其逶迤不能见其真身，只能窥视威仪不能识其面目。

记得第一次上太平山，离山还有五里，我便指着视野中的最高峰问是不是太平山？不是。是那座吗？不是。从甫田公路的右侧进山开始，路易山转，一座一座高山次第出现，都不是太平山。等到深入山林腹地，视野里的山越来越矮、越来越陡，天空只剩下一片山，无所谓峰高峰尖了，人家才指给我看——太平山。人在山中，如芥草鳞羽，攀登行处如蚂蚁过路。

这条路不知何时走起，章真人是不是第一个行者。不得而知，但古人形容上太平山的路十分贴切：径路斜穿西复东，扶摇直上九霄中。路有九十九拐，弯有九十九转，急弯拿量角尺量，怕只有45度。偏偏脚下是悬崖万仞，雾从脚底起，云自车边浮，风生万壑，胆气不足者心惊脚软，上不得也。行至极险处，上又上不得，下又下不得时，可仰首看，只见一山门耸立天际，稳固安然如南天门，拨开云雾指引方向，让人望之心神安定，深吸一口，继续向前。

很多人都曾听闻太平山五龙团顶，却不知道是什么龙，团的什么顶，出处在哪里。

五龙团顶是风水语，也是山势。当年章真人学道武当，功成归来，游历山水，四处相看，准备找一处风水绝佳、灵气充足的地方作为道场，横路乡回头山、大洞余洞山、九宫山等，选了好几处地方都不如意，后在湖北广济遇纯阳真人吕洞宾传授口诀，被告知："尔当座武邑丝罗山，开基创业，护国佑民，此玄天之诏命，亦天赐之道场也。"他来到丝罗山，登顶一看，见龙势东来，剑印拱穴，五龙团顶，三狮伴象，祥云暖霭，仙风拂面，于是就此开宗立派，建立道场。

五龙团顶要看得真切，宜先登龙珠墩。龙珠墩是佑圣宫前一个圆形的小山包，一天不知多少香客经过，可惜都不知悉这就是龙珠墩。

仙山有仙墩，其形龙珠似。龙珠墩又名绣球墩，五龙团顶就是为了抢这一颗绣球形状的龙珠。立于墩上，身后是太平山龙脉一条，可见左右两侧各有澧溪、伊山、大洞上来的山峰龙脉三条，成拱卫护佑之势。对面是湖北通山来龙一条，摇头摆尾，张牙舞爪，气势汹汹，可惜离龙珠墩最为遥远，虽然正面来犯，有三龙护持，也只能徒唤奈何。

俗语云，风虎云龙。这里是五龙汇聚之地，不知道是不是这个原因，太平山多风雾，刘廷福曾经写有《太平山风雾歌》。

我在山中，只见忽而风雾大作，龙珠墩就会迷失在风雾之间，好像被龙魂吞噬，风雾一去，龙珠墩又重现。一吞一吐之间，龙珠光芒大放，所以引来五龙抢珠，成灵气聚攒之所。

太平山有32景，被称为元朝四大家之一的揭傒斯曾在太平山读书（倒没听说他在太平山有读书台，一笑耳），写有22题咏，历代多有上太平山求雨的风俗，又有多处题咏，到清朝刘廷福，归纳总结了32景，其实何止。近年来，太平山以春季漫山遍野的野樱花和万亩高山野茶，冬季水杉林雾凇、一天门云瀑和雪龙抢珠的雪景，闻名摄影届。

无人机俯瞰之下，佑圣宫坐落于莽莽山顶，如天宫浮现蓬莱之顶，不愧"天乙"之名。宫殿之下是群山万壑，山势绵延不绝，一缕一缕一团一团不断，来龙去脉，悉皆分明，远处修河波光潋滟，如碧玉碗中仙露晶莹。"一登太平峰，半是仙家人"，古人诚不欺我。

太平山下的梅林玉清宫，为古豫宁八景之一的"玉清丹崖"，最早是黄婆酿酒的场所，后又为吕洞宾修炼之地，唐代建庵名冲和庵，宋朝得宋徽宗赐名"玉清万寿宫"，宫中留有宋代石碑，上有宋徽宗勅黄。当年，章哲的父母四十岁仍无子，于玉清宫中求子，金星入梦而生章哲，后太平山香火繁盛，玉清宫与儒门才子亲近。清代大儒张棕坛筑淹戊盩（zhōu）于玉清宫左近，讲经开坛，又有陈竹门先生在此开宾竹堂讲学，豫宁三盛兄弟更偕诗朋文侣经年盘桓，诗歌唱答，络绎不绝。玉清宫后，吕洞宾炼丹的玉清丹崖、抓石润墨的钟鼎山、訇（hōng）然中分的试剑石、黄婆酿酒的黄婆洞瀑布、盛谟摩崖石刻留名的流月池、千株梅花烂漫的剑谷，俱是赏玩烟霞的胜景。山中古茶树高过人头，《玉清宫品茶歌》大赞："鹰爪雀舌蕴寒香，净人肺腑雪皎皎。安得满取注人间，大润群生长不老。"

武宁山的风骨是唐宋以来塑造的，儒释道、仁忠信。君不见，四望山，先后凭栏两宰相（韩琦、李纲）；朱家山，岳飞月下斩叛将（赵万）；那些柔韧的山（仙姑山、慈姑岭、丫髻山），色彩缤纷的山（喷雪岩、白面岩、紫鹿岗、红崖、青牛洞、桃花尖）……

山有筋骨，水有态度，一起一伏锻炼武宁人的情性，一高一低塑造武宁人的胸怀。不宽阔无以纳，不积累无以吐，进山立得住，出山站得稳。

写山是难以止笔的，那么多熟悉的面目呼唤着我：你不记得我了，我就在你门前，尖岭尖，像桃尖，对面甕岭没有尖；马山亭里躲过雨，马山上的瀑布叫牛婆泻尿；"一脚踏三县"的九岭尖，高山草甸青未了；朱家山上古战场，血溅溅的红杜鹃一直开到五月；武陵岩下千年红豆杉林苍翠、红豆殷如相思；岳飞驻马题诗踏迹的马迹山你去了三回，青蛇白蛇修炼的小洞山、三位寨主吃猪头的烟岩寨，仙姑驻足的南皋山、一川白石大如斗的碛溪山、黑石如镜可焕容颜的石镜山……这些都是有名的，至于那些叫得出我乳名，我打过柴、遛过草、摘过山果的南山北坡桐梓岭们，那些埋葬着我的祖辈，我也将永眠于它怀抱的厚土，山风一起，松涛低吟，无论我身在何处，化鹤化鱼化云，都将归去。

水

一湾碧水胜似海，水里桃花朵朵开。
不信人间有此景，仙女纷纷下凡来。
————黎隆武

修河，古名建昌江，是江西五大水系之一，以其水行修远而得名，是九江市境内最大的河流。700里修河浩浩荡荡，经修水县、武宁县、永修县汇入鄱阳湖，沿江历史资源众多，文化底蕴深厚。古代水运交通发达，沿河诸县出入都仰仗修河通达，山峭水急，滩头众多，有九九八十一滩之说。选择修河中九湾（修河曲线弯绕，入武宁第一湾为清江，第二湾为古西安里，第三湾为澧溪北湾，第四湾柳山下甘罗村，今为新华围堤，第五湾为饶湾，第六湾为古县城玉枕山下，第七湾为巾口，第八湾为箬溪，第九湾为三碛滩）的故事，讲述武宁血脉之水文化的浪漫温存。其中，有"水中大熊猫"桃花水母、"鱼中鳖拜"鳡鱼、白鹤、野生中华秋沙鸭等生物，为修河的生态注解。

钱又不是大水打来的。武宁人用来比喻赚钱不容易，就爱这么说。

别的地方好像不一样，比如西北那边的人喜欢说"大风刮来的"。不是有首歌唱"我家住在黄土高坡，大风从这里刮过"，说明那个地方确实是风大且风多的。

这是一种句式，"什么什么又不是水打来的"，钱之外的事物比如房子车子等物质，都适用这个句式。祖祖辈辈都这么说，或许是因为在历史上，武宁的大水里确实曾经打来过很多的东西，财富、权力、爱情……

武宁水多。

武宁的水域面积38万亩，境内有近千条羽状溪流，如同输血管，为这一颗硕大的心脏提供新鲜养分和动力。它的每一次心跳，都是一次潮汐，为人们带来数不尽的丰沃泥土、河沙和鱼虾。

有70多种鱼类在这里自在游弋，258种飞鸟在河边栖息追逐，全球约95%的白鹤来此过冬，还有3000多个岛屿在这里静静驻守，然而只有39万人在这里居住劳作，常住人口不达半数。

怪不得水这样清。清得跟镜子一样，天是蓝的，水也蓝了；云是白的，水也茫了；山是绿的，水也碧了。清还清得不一样，山里的水清见底，绿油油的水草在水底招摇；河里的水清得活泛，水纹泛起鱼鳞，光晕在河底的鹅卵石上，摇晃一河碧波；湖里的水清得能照见星空晚霞、螺蛳壳里的道场，还能看见桃花水母透明的裙衣。

清，是水最表象的美。无可争辩，也无法抗拒。纯净的美，是人间最初的信仰和原生的记忆。每个人自纯净中来，无不想回归那片纯净。有人说武宁的水纯净得让他想念母亲胎里的羊水，有浸润全身心的魅力。

这一份纯净是天养，也是人力。武宁山区植被丰厚，山上长得了大树，大树成得了森林，森林蓄水、滤水、出水，涓涓细流从九岭幕阜连绵不尽无数的山头流出，注入修河，汇入庐山西海，每一棵树，每一寸土地，都滋养着这一泓水，这是天养。

没有一个村庄没有河流，没有一条河流两岸没有大树。高大伸展的枫杨，魁伟稳重的梧桐、苦楝、香樟，俱可成荫。植树护林，耕作耘籽，筑堤引水，与山水和谐相处，任凭山外的世界风起云涌，山里头的日子仍然维持着自己的步调。

到了雨季，田里沟里，河里陇里，处处水满。暴雨下了三天，山洪滚滚，摧枯拉朽，气势惊人。城市田野，俱都沦陷。膏润之乡，顿成泽国。

武宁人靠山逐水而居，历代县城都紧紧依托着修河。有水，才能活，才能承担万千民众生活的需求。然而水能载舟亦能覆舟，梅雨季节修河水涨，沿河的县城乡镇免不了被淹。

唐宋县城，民国近代，翻开县志，充满了水淹的痕迹、水淹的历史、水淹的故事。斑斑水迹。

曾有一个这样的故事。

某年大水，上游有一未出阁女子在家中被大水冲走，情急中抱住房中衣柜，随水漂去。女子沿路呼救，见下游有一男子手撑竹篙站在房顶，急忙求救。男子用竹篙将女子和衣柜拦住拖近，然后将衣柜拖入怀，却将女子复推入水中。女子入水后幸得扳住一树根，后获救。

过了一年，女子出嫁，进入洞房，发现洞房中的衣柜特别眼熟，仔细一看，竟真是自家所有，当日水漂痕迹尚在。女子大惊，等夫婿进房，发现就是当年推她入水之人，于是当着两家亲戚之面诉说当日情形，愤然退婚。

这个故事载于县志，是清朝时期的事，不知真假。也太巧了，茫茫大水中，偏偏遇着这么一个冤家。当时看见有人在路旁伸出援手，女子心中该有多么庆幸喜悦，却又被推入水中，又有多么绝望冰冷。大难不死最终获救也算否极泰来，出嫁之时欢喜无限，却峰回路转，洞房中的良人竟是当日的冤家。

大水中，灾难前，人性毕现。

这样的事不止一例，康熙丙申年（公元1716年），武宁发大水，一女子坐床上，被水漂至杨柳湾，手里提着一囊金，向附近渔船呼救。渔人让她把钱丢过来，然后推床泊浪，下得狠手。渔人用所得的钱建屋，建好就被火烧，后来颠沛流离而死。

后面这结尾倒不一定真，人们朴素的爱憎观使之然。同样是那年大水，县志里还记载了一个截然不同的故事。

康熙丙申年，徽商吴某载盐500斤，泊船巾口，船系在大树下。一夕水涨，两岸居民呼号救命，吴某听到了，赶紧叫起船夫去救人。船夫说载着这么重的货物，难以救人。吴姓商人立马把盐推入水中。船夫被他的行为感动，积极救助，活人无数。

还是这一年，春三月时雨就开始下了。石渡乡的陈奇文，县志说他生平以济人为乐。他在春天雨下之前，结茅棚数间，高于楼宇，又造竹筏，储备火具。旁人觉得奇怪，问他这是做什么，他说是为了防水于不虞。乡里的人都传为笑谈，说他迂腐，离夏天还早，雨也还没下几天，哪里就会涨这么大的水。一夕洪水暴至，陈奇文因为早有防备，不但自家幸免于难，还周济乡里。

故事没有写那些笑话他的人是不是后悔，或者被周济时面有惭愧，这显而易见，笔者善意隐去的部分，所谓春秋笔法。

县志里的杂记和轶事记载的这些民间故事和流传的说法，不乏神异，却不能一概斥为无稽之谈。上记："武宁山壑深广，屡有蛟患，每春夏蛟发，辄（zhé）冰雹大作，溪水溢溢，冲决田土，甚则漂没庐舍人畜，其害猝至，莫可逃避。"

山洪暴发之际，滚滚水流挟泥沙、裹人畜，遇到山崖石礁，涌动冲撞，像发狂的野兽，声响震天，如蛟如蛇。无可逃避，只能与之抗争。

每条溪港里的传说都隐藏着"猪婆精"。水神蛟精与人斗法，总有一种变化是"就地一躺，变作个猪婆"，被法官（武宁民间传说会法术的人）使法器戳住脊背，于是破了变化。若是一个故事这样传，可能是巧合，每个故事里都出现了"猪精"，必有缘故。我想"潴"字的来历可以看作这些传说故事的源头。

在武宁县志里，水利事项的记载是颇为详细的。堤塘堰陂桥渡坊亭，蓄泄盈虚，旱涝所用，一一备存。武宁卢氏一族先祖卢俦，南唐兵部尚书，奉命驻守武宁。他的主子就是写下"人生长恨水长东"的薄命诗人后主李煜。不过李煜的笔下是"恨水"，卢俦的功绩却是治水。他在武宁兴修水利，驻磨源陂灌田万余亩，武宁人感念他的恩德，为他建庙祭祀，将他生前行经之地，一一名之。

如今县城的太婆堰，本为"太保堰"，前身就是他所建，因他曾做过太子太保，所以名为太保堰。现在以讹传讹成了"太婆堰"，太公变太婆，倒叫人啼笑皆非了。

卢俦可能是武宁上派官兵为民兴修水利的第一人，他屯兵武宁多年，其中经历了南唐覆灭，县志上不曾记述他在攻城守卫上有军功战绩，只流传了他为武宁人修堤筑坝的功劳。新宁镇花棚村有一个小地名叫樟树下，道路旁有一棵古樟树，原名是将鼓岭，卢俦为了鼓舞士兵克服艰险，擂鼓助威，将鼓岭和樟树岭在武宁的方言里发音相似，后世之人只看见樟树，不见种樟树的人，于是也就变成樟树岭了。

唐宋以降，武宁的水利工程建设较为发达。2019年，我听说宋溪镇田东村的碛溪山里有甘罗坟，于是和武宁历史文化研究会一行人进山寻迹。当时正是深秋，我们顺着碛溪港干涸的河床进山，一进15里。里面原本住着三四个村庄，两千多人口，是连接双峤山通往横路乡的要道。还有白马曹家、华将军一族等大姓，有斗大的白石矿产，良田百亩，现在一户人家都没有了，大多迁出在田东村。

进山四五里，我们看到河边有堆砌两米多高的堤坝，青石块砌成，高大的枫杨树荫蔽两岸，虬根盘结，非同一般。再往里走，河流两边的支流也修建了堤坝，树木疯长，我们在狭窄的水道里徐行。一棵大枫杨树根茎发达，横贯整条河道，扭转遒劲的根系把一块石头碾碎，又把另一块石头包裹起来，如狮子衔绣球一般，让人对自然伟力叹之不绝。

那天下午我们沿着河道走了三四里，不见堤坝尽头。荒无人烟的山野和青白色修筑如新的堤坝，给观者形成了强烈的视觉冲击，回来查阅资料，找到了它的来处。

明嘉靖三年（公元1524年），知县陆浚命义民盛环砌石为堤，树以杞柳环抱，溪外地可数十亩。到了隆庆末年，堤石树木被当地豪强窃取。到了万历三十六年，公元1608年，知县周道昌令众里栽种杞柳陪护，编工食，设看守的差役，以防剪伐，不数载，树木成林，水复西流……

70多年间，堤坝起毁复兴，可作为武宁水利简史看待。其中起承转合，不知又有多少故事被水打去，无处拾遗。500年后，留下依然齐整的堤坝和树木，守护着无人耕种的田亩，成为一段长而又长的活体历史，让后来人感慨。

像碛溪山里留存数百载的堤坝是少之又少的，更多时候人类的各种努力在自然的力量面前不堪一击。于是人们只好寄希望于超自然力量，许仙斩蛟，就是人们集体意识的一种呈现。

这个许仙不是白素贞家的糯米郎君，而是许逊许真君，南昌万寿宫主神。万寿宫是江西的地方文化特色，如果在省外看见万寿宫，就知道这里有江西人在此聚居。

万寿宫供奉许真君，乃是因为许真君斩孽龙的功绩，也就是能治水。过去江西人出外经商游历，多走水路，许真君相当于男版的"妈祖"，供奉许真君，也是求平安。

许逊斩孽龙，这个故事江西人都熟。据说孽龙本是凡人，籍贯湖北，和许逊是同学。有一天两人在河中洗澡，水上漂来一个五彩斑斓的蛋，殊为不凡。两人同时看到，孽龙手快，把蛋剥开吞食，许逊一看不对，就抢着把蛋壳吃掉。孽龙吞下蛋以后，腋生鳞甲，性情暴戾，一次与同学吵架后，发誓要水淹江西。

许逊预感孽龙要为祸作乱，就向神仙学法，最后经过一系列的斗法，制服孽龙。

这个故事有很多版本，南宋道士白玉蟾就曾在江西各地搜集许逊斗孽龙的大小故事，并融合了唐末至南宋时期有关许逊各种传记的精华，写成了《旌阳许真君传》，里面不乏修河两岸的胜迹。唯有一点，白玉蟾行游江湖，浪迹天下，也曾到访武宁，为武宁山水写下"江南山水窟，江西风月窝"的雄奇美文，不过在此文中却张冠李戴，将修河与武宁在古代的县治弄混了。

武宁沿修河一带都流传有许逊斗孽龙的故事，从九岭尖最高处的丛山之中，到九宫山的石壁丛林，更不必提临近修河的乡镇石渡、清江、澧溪、老县城，都修建有万寿宫。在老县城附近还有白马庙，是董晋兄弟为许逊铸剑之处；甘泉殿，是许逊弟子甘战以宝剑插地而得甘泉的道场。

据说当年许逊和孽龙斗法，沿着修河而下，孽龙化水而行，一路横冲直撞，速度极快，许逊在后看准孽龙去势，用宝剑挑起一团土向孽龙飞去，可惜急促之下，用力太小，孽龙一个转弯，躲开了。这团土落下化为柳山。柳山曾名"飞来峰"，山自何处飞来，就是来自许逊福主剑下。后来，因唐代名相柳浑来此隐居读书才更名为柳山。

且说许逊一看飞土不奏效，运起神功，削剑挑土，直冲孽龙飞去，又因力气过大，飞过修河，落在柳山对岸，化作辽山。

在清江乡的龙石村，有龙石和虎石。人们世代相传，许逊和孽龙斗法，各出法宝，风雨大作，从河里漂下两块石头，一块是龙的形状，一块是虎的形状，分别名为龙石和虎石。传说，如果想求雨，就绕着龙石走三圈，在石头上敲三下，就一定会下雨。如果想雨停，就绕着虎石走三圈，敲三下，雨就会停。

后来龙石被沉入潭水，不见踪迹。虎石至今还埋在龙石村的一块大田里。某年秋收季节我曾到过那里，弯弯曲曲的大田里，收割后的禾兜间，虎石深埋泥间，只露出脊背位置。石上几条横纹，像极了猫科动物趴在地上，脖颈处堆叠出的褶皱。可惜没有条件把整块石头取出，看究竟形状与虎有几分相似，又是不是真有那么灵验。若然，从此梅雨季节，武宁就不怕暴雨倾城了。

在龙石村有一处山林名为观音帐，观音帐里直至盘溪水库，有许多连绵迤起的小山包，名为十八罗汉山。据说当年许逊追赶孽龙到此，孽龙隐身不知去处。许逊便念动真言，祈求各路神仙帮助。这一念，就请动了大慈大悲的观世音菩萨。

观音菩萨化身为一个老妇人，在观音帐下的道路边变出一个面摊。孽龙和许逊斗了几天法，又被追赶到山中，又累又饿，看见这个面摊赶紧过去讨要面吃。一碗面下肚，突然腹痛如绞，孽龙一看碗里，哪是面条，全是铁链，再看煮面的老妇人，竟然是观音大士。

孽龙就这样被降服，至今还被铁链锁在南昌万寿宫的井里。

在清江乡龙石村通往石门楼镇的小路上，曾有一块石壁，上面画有壁画，画的是许逊头戴草帽，手拿宝剑，牵着一头口吐铁链的蛟龙。据说画得栩栩如生，不知哪朝哪代遗留。可惜有一年修路，因为石壁太大堵了路，就炸掉了，这一幅具有历史和神话意义的壁画也毁于一旦。

石门楼镇九岭尖附近有一处古庙副使殿，房屋香炉神龛石刻均为明清旧物，古戏台的横楣上有线描的许逊作童子装扮，右手牵住孽龙嘴边的锁链，左手执一项圈高高扬起，于修河波涛中隐没的古画。这个装扮，外省人看了要误认作是手拿乾坤圈的哪吒。

说到许逊，不免又要说到一人，就是吴猛。传说许逊是吴猛的弟子。吴猛是武宁人，是"二十四孝"故事中的一个主角。《太平寰宇记》卷一百六十载武宁县有"故吴真人宅"。武宁在晋代属西安，有一任西安令叫干庆，这个人很有来头，是《搜神记》作者干宝的哥哥。吴猛是当时著名的道士，和干庆来往密切，传说他曾让干庆死而复活。

吴猛的法术很高强，传说曾斩蛇。可能就是因为这样，故事里的许逊才拜他为师。师傅斩蛇，蜀地烟净；徒弟更厉害，斩蛟，江湖浪平。

吴猛的故事被陶渊明记载在《搜神后记》里，就是写有《桃花源记》的那本书。是不是很巧？更巧的是，桃花源的命名方式，与武宁的地名文化存在某种共鸣。

一个大山深处有河流曲折和良田平畴的地方，武宁人惯以"源"来命名，九岭山脉支脉武陵岩（真巧，又是一处武陵）下的瓜源、上董源、长墅源，朱家山的坪源、鹤源等，都是桃花源般的境界。

武宁的地名里，含水量严重超标，这源于武宁人对水的钟爱。于是，就产生了武宁独特的命名方式。

江、河、港、溪，以大小来排名会怎么排呢？江与河，一般是一个意思，难分大小，长江黄河都是河流。港，现在是港湾的意思，这是引申义，最早是指河流的支流。溪，山涧水，水文学上指水面窄于五米的水流，《尔雅》认为溪是流入大河的水流，即河流的源头。不管怎么排，溪无疑是最小的。

武宁人不这么认为。在武宁的命名体系里，溪是高于一切的。河当然是大的，俗称大河，特指修河。在整个修河地区，不会有比它更大的河流。而一般流过乡镇或者村庄的河流，武宁人称之为"港"。洗衣服在港里，舢板船湾在港里，人来人去都过港里。更小的河流，则是"沟"，水面宽不过3米的河流小溪，深而窄，就是沟了。不知皇宫之畔的御沟，是否也是这种形容。再小一点，山民叫它"一管水"，哪处有一管水，可以解渴，放牛，饮马，一管水，再没有比这个词语更形象的了。反正武宁人不会用"溪"来形容那些本该叫作小溪的水流。

溪，在武宁人眼里是超越了修河，甚至是河流体系命名的规则之处。

过去武宁讲"九溪十八洞"，这个概念或许是借鉴了西南民族起义的"九溪十八峒"，在武宁则泛指一些有名气有特色的地方。不过，武宁的"九溪十八洞"，"溪"不是河流，"洞"也不是山洞，都是烟火袅袅的人口聚集之地。

具体"九溪十八洞"是指哪些地方，老人家也说不全了。南边说南边的，北片说北片的，竟没有一个统一的说法。不过大家都同意，名字里有"溪"的，必然是有大片平坦的土地，有河流缓缓，炊烟袅袅，有铺有街，人口集中。比如箬溪镇、罗溪乡、澧溪镇、鲁溪镇，都是武宁数一数二的文明礼仪区，或者街铺稠密，人烟繁多，或者祠堂鳞次，富丽堂皇，或者多有学馆宾馆，是交通要地。

名字里有洞的，大多类似桃花源，位于山林腹地，入口有石壁山崖遮挡，羊肠小道仅供一二人出入，内里阡陌纵横极深，有良田村庄。比如丛云洞、黄婆洞、龙须洞、瓜源洞、牛皮洞、果子洞、伊山洞、石羊洞、阳新洞等，奇胜幽僻，物产丰饶，可供二三村庄的居民生息，隐隐有桃源洞境界，在武宁何止十八处，不过是极言其多罢了。

与"九溪十八洞"相对应，古人言修河有九曲十八弯。自然也是一种泛指，谁能数得清修河有多少个弯，人类穷尽一生不过百年，修河多一个弯少一个弯的时间也是以百年来计算。它是活的，是正在进行时，是存在的一种状态。

譬如古代，修河作为航运主道，三县人们仰仗它出行。每年端午节前后涨起绿豆水，放排的艄公就撑篙而起。探亲的陶渊明，归家的黄庭坚；隐居的柳浑，访胜的白玉蟾；擒蛟的许逊、吴猛，得道的王乔、丁令威；还有行军的岳飞，东上的李烈钧，艳遇的戴复古，失意的张宁，船头藏金的茶商盐客，行脚浪迹的僧侣道人……修河如一根强劲脉动的血管，滋养着古今岁月。

修河自然是不好相与的，急弯险滩，滔天巨浪，逆风迷雾，一时翻覆无情，人财尽失的悲剧屡见不鲜。修河两岸除了许逊斩蛟的传说外，另有24座风水宝塔矗立河湾边，寄托了人们"宝塔镇河妖"的愿望。文峰塔、南渡街塔、杨洲塔、白马塔、鹭鸶塔、观音阁塔、塔里古塔，细细数来，光武宁境内的河塔就有这个数了。

青石古塔起玲珑，翠浪山光一望空。如今河塔留存下来的也不多了，甫田楼湖的观音阁塔和杨洲塔保存完好，形制似为元代之物。观音阁塔为青石建造的六角九层实心楼阁式建筑，底下两层为塔基和底座，七层为塔身。塔高约7米，底围直径3米左右，塔身逐级收小，塔檐翘起如莲瓣，塔刹雕刻成莲花形状，底座也刻有莲花图案，环身则是神仙天王浮雕，纹路清晰，造型浑厚，风格清新。

河塔建造处多为古渡，黄墩有个渡头村，就是以古渡头为名。王维诗"渡头余落日，墟里上孤烟"，恰是修河古渡的唯美注脚。

渡头多为水流较为平缓之处，用于停泊歇息。与渡头相反的是滩，本义为水流湍急的"湍"。

过去修河有九九八十一险滩，最湍急处必须拉纤，才能渡过。比如最负盛名的三碛滩，在今杨洲乡阳光照耀的二十九度假区。俗话说："过了三碛滩，出了鬼门关。"三碛滩本就处于两岸犬牙交错处，河流急转，水流湍急，偏偏河中心横亘着18个大石头，被水冲洗得光溜溜，难凭难靠又难过，艄公呼为"十八和尚脑"，旧豫宁八景里"三碛怪石"也是一景。外省骚人墨客一进武宁，也要领教三碛滩的威力，所以旧志里写三碛滩的诗歌极多，有一首《三碛滩遇风》，真写得狂风骇浪，百年后读来仍令人心惊："三碛滩头石齿齿，狂风怒号卷江水。鼋龟鼍（qú）立鱼龙飞，云奔雨骤万怪起。篙师舵师不敢停，扁舟转侧惊涛里。左橹右缆不得前，一日舟行三四里。"

柘林水库修建之前，三碛滩对岸有一个村庄叫粮岸村，有饭铺歇铺（客店），专门做来往船只停留人员的生意，据说比山里卖木头的人家还富。可惜如今整村都在水下，也不知来往的"黄庭坚们"是否留下遗迹墨宝。

当年宋代诗人韩驹过武宁到修水赴任，尝尽了武宁险滩的苦头。他在《武宁道中》写道："小滩嘈嘈大滩恶，朝行羊肠暮鹿角"，羊肠鹿角都是形容水道曲折难行；"尽日拖舟不得前，忽然笪断千寻落"，这是指拉纤的艰险，拖舟难使力，忽然纤绳一断，人与船都危在旦夕；"卧听溪师倚篙哭，将如二十四滩何"，这是借鉴了李白写"蜀道难"的手法。"蜀道之难，难于上青天，使人听此凋朱颜"，这是李白写蜀道，韩驹写武宁的湖滩，令长年行于水上的舟师无可奈何，倚篙而哭，真比蜀道更使人愁苦了。

诗人还是夸张了，不至于如此。大小险滩随修河水涨水退，或隐或现，在修河上讨生活的人自然也有一套对付它们的手段。从上游的修水县"一出东门二神滩"，一直到永修的吴城镇，全程两三天的路程，哪里该撑篙，哪里要拉纤，哪里要早早拦住，哪里要轻轻放过，哪里歇得，哪里歇不得，艄公、舵师和篙师肚里盘出了一本经，编成山歌信口唱来。既是警醒，也是解乏，既是取乐，也是感叹，还能像导游一般，将滩头渡口的传说故事讲给长途无聊的客人们听。这就是滩歌。

"湖滩好比过刀山，吓得艄公面无颜"，不乏夸张手法，是第三人视角。"脚踏高滩繁荣地，临观五帝不须拦"，这种轻松的口气好似从舵手口中信口说出，像是说给徒弟听的，又是第一人视角。哪里的滩头有女人浣衣，哪里的滩头沽酒剁肉，随着船的流动，修河一个滩一个滩在歌中出现，水深水浅，浪平浪急，长卷的水乡风俗画卷就在歌声里慢慢展开。

一百年两百年之后，河道变迁，风波平静，帆影棹歌的修河，拉纤过渡的修河，早已不见客船游弋，那些深潭浅滩都被掩在了湖面数十米之下，而当人们唱起滩歌，染上体温的汗滴、夹杂水腥气的浪点，呼喝的吼叫和调笑的腔调突然泼溅而出，洒了听众一身，恍惚间也置身飘摇水上，注视着两岸山去，柳暗花明，江海余生。

我曾经在武宁找到两个版本的滩歌，都是手抄本，一本是澧溪人刘智乾保留的，上面还留下了最早抄写滩歌人的名字，"同治十一年壬申年仲夏月，张侣冰抄"。不知张侣冰是什么人物，可能是秀才或者童生。落第不闻，没有官职利禄，家里能供上学，应有几分家产，这些人有闲情又有才情，收集水上的歌子编成能以文字手抄记录的滩歌，也算一种有意义的消遣了。武宁那些长篇的叙事山歌，比如唱瘦一身肉的《梅花三百六》《海棠花》等，也是这些人整理编集。老箬溪人汪和浪保存的一本手抄本对滩歌的记录更为详细，有两千多字，不知又是谁的心思。

遗憾的是至今没有寻到武宁滩歌的调子，保留了滩歌手抄本的两位老人唱的都是武宁的船灯调，过年时候闹灯时表演的唱段，配上锣鼓，热闹是尽够热闹了，不像拿脑袋踩着修河走钢丝的人唱的歌。那些凌厉炽热的呼喊，从腔子里发出的叹息，或者悠闲逗闷，或者催人奋进，是鼓舞干劲的劳动号子，是安慰松弦的摇篮曲，都可以变化，唯独不是舞台上的灯火辉煌。

找了许多人，特别是靠河边的村镇，俱无果。后来在山背的鲁溪，我以为是和滩歌毫无关系的，偏偏有人说小时候听老人唱过，老人家是南昌码头上干活儿的。我突然想起，南昌有个武宁码头，在西湖区的炭巷。南昌府城七个城门，自府、广润、章江三门临河，自府、广润两门位于抚河出口、赣江入口，道路平阔，风浪平静，为帆船停泊的水运码头。为争夺这段码头，当年武宁的山背人和抚州、新建人打官司，一直告到京城都断不下来。从明末到清初，争了百年，最后公元1663年，官府想出了一个骇人听闻的方法，他们制出一双铁靴，大火烧红，争码头的三方谁敢穿上行走，码头就是谁的。从桐梓树流水沟往抚河下游，只要人没断气，走多少里，码头范围就圈多少里。大桥湖坑村的刘绍明，自告奋勇穿铁靴，由两个人抬着往前跑，跑到积谷仓苗竹架下断气，为武宁人争得了7个"把头"的码头。

2012年，我到炭巷去了，找到了武宁码头的刘家后人，听他说起武宁码头的兴废。还找到了一位80多岁的女工人，也是鲁溪人，十五六岁就拿着一根扁担出山到码头上做事，嫁了一个外地人。武宁码头有很多外地人来讨生活，刘家后人的一个朋友，云南来的，他说武宁人讲义气，跟着武宁人好，不吃亏。在炭巷街，我也看到了当年拆卸货物的码头已经被一条宽阔的水泥路取代。四五百年间，武宁码头的一段慷慨激烈的奋斗史也就此沉于水中，不知可还有后人前来打捞。

山沟里的鲁溪人在水上闯出了名堂，他们会唱滩歌，自是必然。但是可惜听到的人记不清调子了。我还找到了住在县城的一个湖南人，他是武宁林场的老放排工人。向他打听武宁滩歌，他说武宁没有滩歌，修水有，永修也有，武宁没有，反正他没听过。

我只能笑笑，他没听过也是正常的。20世纪50年代武宁县成立国有林场，下设放排工会，当时放排工人多为外地人，湖南人、安徽人、赣州人、永修人，都有。武宁人很少，放排辛苦，大雨天正是放排的时候，人家往家跑，放排工人往河里赶，碰上大水激流险滩，一个不小心撞上山崖礁石，排散人亡，连个全尸都难找。战争年代，流民纷纷涌入武宁这方净土，为了有口饭吃，什么生计都操持。民国就有说法，线纺的（纺纱纺线）南昌人，煮面的奉新人，补皮鞋的高安人，放排的赣州人，捉鱼的安徽人，种菇的浙江人，开药店的樟树人。

　　武宁人从放排这一工种退出，用武宁方言歌唱的滩歌自然就销声匿迹于修河，渐渐失传了。

　　和手抄本同年代的有"豫宁三盛"盛家兄弟，俱为才子，其中盛谟就以一种更为文雅的方式记录修河的滩头，叫《修水曲》。以中国最早的民歌《诗经》为蓝本，采用古朴凝练的四字句和汉乐府的五字句，选择了修河上极为重要、当然名字也极为雅致的滩头入诗，我曾经以网络游戏里的一首配乐《三星望月》进行配曲，合辙合韵，颇有古意。想来盛谟与兄弟友人们畅游山水，席开夜宴，酒酣耳热之时也会谱曲排调，让人款款歌来。

　　山何绵绵，水何修修，裂我（罗绢），十丈不周。五月（端阳）节，郎有万里游，（藕潭）丝不断，浅沙（难）进舟。（铜盆）注（温汤），为郎浣妾容，（柘林）绿，（桃花）红。送郎（上马），郎马不前，郎（下马），意缠绵。利刀欲（破石），（三洪）何离离，折断（龙凤）钏，生死莫相疑。山上（松树）青，江中（鹭鸶）洁，妾心与郎心，两两珍重别。细雨（控）漾，寒灯孤宿，腹转（羊肠），有如（潴石曲）。妾在中房（病），郎在（车头）好，（西）风（徐）徐下，使侬枯槁。南邻煮（猪头），北邻煎（鹿角），火少水多，鸡声喔喔。（凤口）梧子，飞飞（杨柳）路，梧子西落，怅然（东渡）。

括号里的即是滩头名字，盛谟苦心孤诣，《修水曲》后又做了《修水续曲》。推想应是《修水曲》大受欢迎，赢得了时人的赞誉，才会兴致高昂把余下的滩也编入诗歌。

后来人也为修河写了不少诗赋，20世纪70年代柘林水库修建之后，自窑墩开始到永修柘林，修河已不再呈现流动的形态，它化作静静的湖泊，无数的山峰化为碧岛，临水的集镇和乡村都藏身水下，在航拍的镜头里，这一片被称作庐山西海的水域如一枚时光的琥珀，把武宁的悲喜都凝固在了美的泪珠里。

水真美啊，雨雪冰霜，溪河湖海。当它化身万千降落人间，或涓涓，或潺潺，或盈盈；或奔腾，或裹挟，或呼啸；一吐一吸，一动一静，瞬息晶凝，风拂液冻，都是诉不尽的美态。

如果水有精魂，或许也有爱憎，不然何以武宁的水这般多情？

如果你喜欢平原观湖，你可乘一艘游轮，从西海燕码头去往观湖岛。晴天艳丽，水光潋滟，山是青碧渐变，花是红白点缀，水是澄蓝墨绿，云在水面上漂着，岛在云里头浸着，湖水像一整块的啫喱，风在勾芡，光在发酵，酝酿着一湖山水宴。波光里的云淋漓着，日月星辰在水里腌渍，秀色可餐，能喂饱那些贪爱自然的游人。

雨天的西海是水墨勾勒，清淡，写意，色调是极简的，远山与近旁，只用墨色的浓淡来渲染，水和云和天，都是极为微妙的变幻，船贴水而行，烟水氤氲弥漫，风飘飘吹衣，心猎猎动，屏气凝神，天地如一瞬。这里是诗和思的混沌世界。

春天，武宁的桃花岛主孙中华，用花朵在天地湖岛间写下自然的辞章，明媚鲜艳的桃花，浪漫纷飞的樱花，光华璀璨的玉兰，春睡未足的海棠，一座花开遍一个岛，一座岛独属于一种花，花影蘸水，碧波染色，万朵花在寂静的岛屿次第盛开，游历其中，春水如情人眼波，春风如微微酒熏，春船如袅袅华亭，人间春色，画图难足。四月间酝酿成架时，花穗长达一米的紫藤花瀑精华迸发，深紫浅白酡红，玲珑玉塔，纷垂璎珞，令人惊叹大自然的物采精华。

西海上一定会遇到鸟，高高地在天空盘旋，那是勇敢彪悍的西海燕，它捕食、巡逻、守护、进击；或是低低地从崖壁可见飞舞的白色翅膀，那是白鹭，白色的背脊在青绿的水波间起伏；还有黑色的鹭鸶孤独立在水边的浮木上，一对一对的野鸭在波面钻入钻出……秋季的白鹤，冬季的野生中华秋沙鸭，在水面和这些精灵的邂逅，都是大自然对你的问候。

有人说西海湖太大，你觉得呢？你玩过俄罗斯套娃吗？大的套小的，一个一个套，多么神奇啊！武宁的湖水也有套娃，最大的庐山西海套盘溪水库，盘溪水库往上又可以套徐坑水库。一层阶梯一层山，一层山上一层湖。层层台阶看水库，水里有山山有湖。去看那些半山腰处的小水库，明净如镜，倒映着连绵的高山和湖中的小岛，梳理不尽的青丝和四季变化的妆容，一道堤坝，隔开尘世，一沙一世界，一叶一菩提，它们是被时间封印般的美丽。

如果你喜欢繁华，去西海湾景区，灯光璀璨，霓虹闪烁，照在水中，华美加倍；在城市的中央泛舟，移步皆景，武宁打鼓歌、采茶戏争相上演，游客喧嚷，水歌竞发，穿不完的桥洞，看不完的壁画，听不完的故事，说不完的欢喜。一轮明月当空，或是星火点点，极致的热闹中，你可以握住身边人的手，探出水面倒影，相携独属的感动。

如果你喜欢幽静，去山里头。武陵岩下，幕阜山中，最好是清晨黄昏，溪水不疾不迟，树木疏落有致。高大的枫杨、弯曲的古柳，在水边枝柯交错；或者成片的小竹，林里丛生着野生麦冬，河水宽且浅，石头露而多。晨昏水里起雾了，丝丝缕缕，如同蜃蚌吐烟，如同绕梁的歌声凝形，你走或坐，都会思乡。

去山间看瀑布吧，黄沙或者九龙沟，也可以去太平山和石门。那一捧白泉从天而降，从云头直落，哗，遇到石壁，跌成点点玉珠，转身，成束，成布，成管，成注。跌宕的美态，一泄的勇敢，痛快，开阔，激烈。水下有深潭，幽深难言。这一动一静，一白一蓝，深渊和净谷，像人世间的进退、攻守，发人深思，余味悠长。

去古老的村落里寻找一口老井。芭蕉叶下，颓垣断壁，古寺殿前，山形龙首。用乡人木柄的竹筒，或葫芦瓢，或者干脆摘一片厚朴叶卷起来，舀一勺，尝一口，沁人心脾的甘美，爽入喉咙。哈，呼一口凉气，这纯净的水土，你的眷恋从这一刻发生盘桓。你看天更蓝，云更白，笑容更亲切，腿脚更有劲，你的精神和这里的山水终于有了紧密的联系，你喝了一口它的乳汁。

武宁的水是热情的，高达60多度，不信你去罗溪和温汤泡个澡。罗溪的坪港温泉，有高热的如火激情，五六十度的水温需要摊凉或稀释，在温泉里泡上几个土鸡蛋，身体舒适慵懒之际剥开，嫩生生溏心蛋不堵喉咙，是深山温泉的一大惠赠。九宫山下的上汤温泉，上汤下汤两个温度，温泉小镇里干净舒适的私人澡堂鳞次栉比，夜幕下走着挽头巾提篮子的澡客，相携在公共澡堂里一边放松劳碌的皮囊，一边话长短桑麻。走进温泉小镇，浸在远近的硫黄味儿里，你紧绷的那根弦会放松，会被澡堂一样的慵懒空气感染，开始说笑，痒痒地想晒太阳、晒背，晒得脸颊发热，微醺，不知不觉睡着，做一个美梦。

你开始赤脚，淌水，漂流，攀登，远眺，看瀑布，赏花，喝酒，发呆，大笑，水从你的眼睛里叩开你的心灵，点亮你的生命，你的眼睛里也开始泛着水的光影，世界亮堂，心脏柔软，情绪活泛，你甚至开始考虑，要留在武宁。

你从武宁的山水离开，它们会在你的梦里徘徊……

城

江南山水入此窟，装点斯城如画图。
西江风月窝里看，小城敢不最美乎?!
——黎隆武

一座既古老又年轻的城市，一座深山里的滨湖小城，山水灵气催生滋养的花蕊之城，来往这里的：有探亲的陶渊明，归家的黄庭坚；兴许是隐居的柳浑，访胜的白玉蟾；兴许是擒蛟的许逊，得道的丁令威；还有行军的岳飞，东上的李烈钧，艳遇的戴复古，失意的张宁。他们的故事与丰韵，朦胧了小城的春花秋月。

这是一座漂流的城市。

顺着修河柔美的曲线，武宁县城如一块黄油，人口喧腾的膨胀热情融化基底，在历史的重力下不断滑落。水和人类的关系，河流与城市的依存，这些人们稍稍一想就能明白，它的清冽，丰饶，随季度涨落的流量，跋涉的空间跨度，早已为人们准备了一锤定音的落脚点。

从省外的公路前往武宁，一路向上，盘山越岭，越往山里走，视线越受约束，山迎山遮，突然一片大湖，笼天盖地，云光日影，跃金沉壁，亮的地方像锁着金乌，静的地方如同虚空，无边无际，把所有的山都浮在了这温柔的怀抱里。正中一座小城，被它拥在了心口。

如果用一个字来形容武宁的县城，我会用"浮"字。坐上直升机脱离地面，以上帝的视角俯瞰这座城市，只见它浮于绿水，浮于青山，浮于河流和山峦。高峡平湖，万山千岛，簇拥着它，承托着它，依恋着它，它是浮于山水间的一朵莲花，也是浮于时光长河的星宇。

汉朝的西安里，唐代的甘罗村、玉枕山，当代的南市岭，武宁县城顺水漂流，从修河的领口滑至腰间，直达腹地。三十年河东三十年河西，也可以形容一座城市的变迁。当然，与人不同，城市的时间是以百年、千年计数。

这是一座年轻又古老的城市。阳光照耀城市，宽阔有序的道路，鳞次栉比的楼房，花朵缤纷的公园、湿地，桥梁、码头和船只，所有的一切都是新的。城市里没有一栋房屋超过50年，但砖不是。

湖滨东路的老粮库要搬迁了，推倒的墙里有许多断砖，随手捡起一块，沉手，嗬，标准三六九砖，翻过来一看，字迹清晰雅正，"南昌府武宁县"。砖龄最少两百年，武宁古城墙上的砖。

20世纪60年代修建柘林水库，武宁人在100日中，匆匆搬离1300多年历史的古城，到古城对面叫作南市岭的山上重新建一座新城。人们急吼吼地拆了房屋、拆了城墙，搬运到对岸砌起了粮库、学校、机关等建筑，无暇感伤。

关于这100天，武宁县城有雕塑、有壁画、有模型，但我相信再伟大的艺术家也无法形容完尽那倏忽而过的100天。

搬到山上的人们一边夯土为墙，一边看着河水一日一日上涨，涨啊涨，过沙洲了，过东渡了，过浮桥了，过南门了，哪有南门，南门早拆掉了。过南门街了，过冷家祠堂了，过中山公园了，过文庙了，过林子了，不见了。

这座在唐朝天宝年建于范建殊手中的城池，在明朝县令叶棣修筑时围周728丈，高1丈5尺，厚8尺，门楼台阁（tà）4座，水关两处，砖石土木瓦料花费11520两有奇。到了清代，县令冯其世重修后，城墙800多丈，垛口1700有零，城上用大砖铺砌，矿灰填缝，人马奔驰如履平地。楼台增至六座，栋宇峻起，檐阿华彩。穿着统一配给衣帽器械的守兵，手执虎牌箭帘，巡逻守卫，日则点视精神，夜则燃火把灯架如白昼，民社增卫，山川改观。城中公廨儒学、市井街坊、亭桥雅室、楼池馆台，还有那南来北往的来人去客，摩肩擦背的眷属亲朋，诉不尽的悲喜恩仇，说不完的痴男怨女，就这样永沉于碧波之下，只堪做鱼虾之巢了。

修河的波涛没过了玉枕山下这座始建于唐朝745年的古县城，把仙人高枕无忧的玉枕山也淹没了大半。许是枕头浸水泡发了，人们都有些认不清玉枕的枕面朝向了。

玉山高枕玉溪晴，哪里还见得分明不分明了。在修河的修辞里，武宁县城是吸水则长的息土，是随水涨落的诺亚方舟，载着男女生息，出没历史波涛。

坐在河边的城里，看修河流淌不舍昼夜，不妨泡上一壶武宁的野茶，往时光尽头钩沉。

从新石器时代人们抟土为器，磨石为具，逐水而居，到3000多年前的商代，修河地区有了艾国，中间的时光漫漶（huàn）无以记叙。据艾氏说，艾国是商君武丁分封给一个功臣的侯爵封地，名为"艾"。《路史》记载："艾，商侯爵，有艾侯鼎。"宋人黄长睿在《钟鼎遗文》中提到"艾鼎侯"铭文为："维无祀王命艾侯作鼎曰，锡尔侯，丰尔稼穑，使尔子子孙孙永保用享。"

有鼎有铭，证明艾国是受到正式册封的侯国，不是蕞尔小国。但是对于这个艾国，史学家有"北艾南艾"的疑虑。在商周时期，北方的河南荡阴县也有一个艾国，两个艾国是同时存在的。《逸周书·世俘解》里提到周王朝有一个艾国被武王灭国，艾侯被俘虏，应为北艾国。南艾国在周朝也不好过，被降了一级为"子爵"，后人称"艾子国"就是来源于此。

商算不上真正的大一统帝国，有敌国、属国、分封国，国君所在的都城也算不上中央国都，与分封国之间的关系松散，传说商代有1500个诸侯国，有些还在部落文明阶段。

南方的艾国远离黄河文明，被视为华夏文明之外的自成一系的古老文明。令后人好奇的是第一代艾侯是谁？他有什么伟大功绩获得分封，又为什么以"艾"为名？艾姓人自言起源自艾国，做出来种种猜想，比如修河地区盛产艾草是一说；艾可以熏燎通神，艾国为古巫国等，无有确证。

修河一带的武宁、修水两县的人，清明时节，采青嫩的艾草做圆圆的米粑，呼为"艾米果"，与江浙一带的形状和口感不同。端午节砍来高高的蕲艾悬挂门楣，以辟邪消灾。夏至时以干燥的蕲艾点燃以烟熏室内，驱虫祛秽。新生儿诞生的三朝日，也要请手脚麻利的妇人以艾草水为新生儿沐浴。农家的菜园子里头，菜畦的一角，总会栽几排齐展展的大艾。这些民俗是否源于艾侯，或者是艾国遗风，谁知道呢。春来艾草青青，手采筐提，碧绿的汁液浸润肤指，漫山遍野都充盈着如熏的艾香，一辈一辈的人就这么传下去，生时水，口中食，门前饰，"艾"字始终在人们的日子里丰俭相随。

自艾侯之后，这片土地在吴楚之间轮转，"城头变幻大王旗"，谁赢了归谁。艾国再次被历史记上一笔，是吴楚争霸之时，吴王僚的王子庆忌因劝谏吴王不听，曾出走到这里。庆忌王子是一名勇士，能"折熊扼虎，斗豹搏貊"，善于骑射，万人莫当，最后死于春秋四大刺客之一的要离之手。这位带有强烈悲剧色彩的吴国王子品格高尚，认为能够刺杀自己的要离也是一名真正的勇士，临死前吩咐手下不得杀害要离。以武功而言，要离根本不是庆忌的对手，为了刺杀庆忌，要离残身毁家，以苦肉计背刺庆忌，庆忌一死，要离也自刎而亡。

庆忌为何避居艾国，也是一个历史之谜。这位神勇的王子是来征服难得一见的野兽，还是来收服壮士，又或者负气出走来此散心。他后来去了楚国，可能是以此地为跳板过渡而已。他在艾国时住在何处，发生了什么故事，不得而知。

到了秦始皇一统天下，天下分成36郡，武宁所在的艾邑归属于九江郡。汉代最精彩，艾县这个大蛋糕被一刀切出海昏县（永修、武宁、修水、铜鼓、靖安、安义、奉新以及新建等地），艾县只剩现在的修水和铜鼓两个县。从此，武宁就在海昏、豫章、建昌、西安、西平等名字中周旋，好像有一双命运的大手不断揉捻拉扯，要塑造一个令它满意的县城来。

武宁还属海昏县之时，发生了一件大事。曾做过27天皇帝的帝王侯刘贺来到了海昏县。他的帝位被废后，被继任的汉宣帝封为海昏侯，举家移居封地，死后就地安葬。海昏侯国就是在海昏县内圈出一块土地，里面有四千户人家供奉海昏侯，比海昏县的疆域要小。

虽说刘贺来到海昏县住了不满4年就去世了，但是他的全部身家都带到了这里。2011年，刘贺墓一经发现就凭着让人眼花缭乱的闪亮金器、十几吨重的铜钱、千枚竹简百版木椟震惊世人，被称为2015年十大考古发现之一。

刘贺是被封海昏侯爵的第一人，他的爵位传了四代，到王莽篡汉为止。说起来，刘贺悲催，他的后代传承也颇坎坷。刘贺死后，海昏侯的爵位本来传给他的儿子刘充国，不料刘充国旋即去世；刘充国的弟弟刘奉亲接棒，结果不久刘奉亲又死了。于是当时的豫章太守抓住时机向汉宣帝示好，引用上古贤人舜与弟弟象不和的故事，说刘贺德不配位，所以他的后代都承受不起侯国的封爵，奏请断绝海昏侯立嗣。汉宣帝不知出于何种心态，准了。直到汉元帝即位，封刘贺的另一个儿子刘代宗为海昏釐（xī）侯，传了三代。王莽篡汉之后，老刘家的海昏侯被贬为庶民。

第二个被封海昏侯的是东汉光武帝时期的沈戎，以军功得封。他本来是九江人，以出生地封爵是惯例，但不知是不是他认为海昏侯的命运有点晦气，非但推辞不就，还举家搬到浙江会稽去了。

汉末分三国，海昏县属吴国。公元199年，孙权析海昏县，置西安县，县治在今天石渡乡的西安里，这就是武宁县的雏形了。

西安县自然也有封爵，不过等级就一落三丈了。第一任封爵者只是一个乡侯。受封的人来头不小，三国时吴国大将朱然，因为讨伐关羽关二爷有功，封为西安乡侯。万万想不到，武宁县和关圣人还有这等关系。

此后一直到明代，从刘贺算起共有十八人封爵。爵位五花八门，豫宁伯、豫宁侯、永修县公、武宁郡公、武宁王，食邑从400户到4000户不等。顺带一说，武宁县又被称为"豫宁"，大部分原因是豫宁侯爵的封地名，实际叫作豫宁县的时间只有唐代公元710到745年之间的35年。

公元199年，西安县成立，到公元710年县，治迁至甘罗村，西安里作为县治所在地，有五百多年历史。汉代的县城，最大的面积为5平方公里，小的不足1平方公里，正四方形结构，城墙为黄土夯筑。想来西安县也不过如此形制，看西安里附近有一个叫花街的地名，或者也有过花团锦簇的奢靡生活。西安里所在的新丰村，据说汉明帝时建有新峰寺，500石粮为营资。如果为真，新峰寺应该是修河地区最早的寺庙了。

五百年沧海桑田，汉代城墙早已湮没于滚滚风尘之中。人们走进西安里，早不见当年的成王败寇，公侯伯爵都已消亡，恐怕掘地不止三丈，才能见到当年的一二痕迹吧。

500年间，西安县有3位人物后人应该记住，他们的光芒穿透尘沙，牵动着众多的人文传奇。

一是太史慈。幕阜山名字的由来，就是这位在《三国志·吴书》里位列前茅的东吴猛将，在山上扎帐驻守，以抗江东刘表。太史慈是个美男子，身长七尺七寸，弓马熟练，能在城下一箭射中守将挽着城门柱的手腕，是三国有名的神射手。为了母亲的一句话，从重重包围里救出让梨的孔融，单枪匹马向不曾谋面的刘备求援，和孙策酣战一场不分胜负，后来让曹操也大为仰慕，在书信里附以当归招徕其人。

这位智勇双全的义士驻守武宁一带，其猎猎行装，今日好似还在松涛里隐没，巍巍幕阜，尤似他战甲未卸，挽弓在膛。不知道是不是受太史慈的影响，武宁的方言里有"杀"气，"杀火""杀青"是形容"厉害""棒"，"吓杀""笑杀""哭杀"未免有些夸张，"剁头""剁颈"不是兵家就是刑场。武宁人的基因里也有硬骨头和重承诺的忠义在：山背冷洙跟随岳飞麾下，阵前英勇就义，骂贼力尽而死；罗溪叶闾，父忠子孝，被元人俘虏不屈而死。这样的忠烈之士，县志里数以千计。

其次是吴猛与干庆。吴猛是一个介于史实与传说之间的人物，他是传统文化故事"二十四孝"中"恣蚊饱血"的主人公，同时也是江西道教净明派"十二真君"之一，原本是许逊真君的师傅，后来又拜了许逊为师，也不知是个什么道理。县志说他是西安令，也就是武宁县令，宋代道士白玉蟾在撰写许逊的传记时搞错了，把西安县误以为是分宁县（修水县），于是从宋代以后都把吴猛当作了修水人。

也有说他是四川人的，那是被陶渊明误导了，陶渊明在《搜神后记》里说吴猛葬父母时，正逢"蜀贼纵暴"，后人想当然地就以为吴猛是蜀人，其实陶渊明记载的是三国时由蜀人杜弢领导的起义军，在江西一带活动，故而与江西的吴猛有了交接。吴猛的功绩里有"斩蛇"，蛇死则杜弢气数尽，可能吴猛与这支蜀军有过交锋。还有说吴猛是濮阳人的，应是指吴姓的郡望。纵观吴猛的故事，行迹都在江西一带，北方甚少干葛。

吴猛与魏晋人物庾亮、王敦、周访、干宝都有联系，关于他究竟是不是西安令，是有争议的。但是没了吴猛，可能被封为神怪小说鼻祖的《搜神记》就不会问世了——他之所以被写成故事，是因为医好了《搜神记》作者干宝的哥哥干庆，使其"起死回生"，对干宝触动很大。而当时干庆正是西安令。

这就奇了，怎么会同时出现两个西安令呢。有学者猜测，干庆后来位至"干侯"，吴猛可能曾任职于其幕僚，在他之后任西安令。史学家干宝有感于兄长的故事，写下了《搜神记》，陶渊明紧随其后，撰写了《搜神后记》。《搜神后记》中不仅辑录了名传千古的《桃花源记》，且第一篇故事的主人公丁令威，也是武宁人。

因了吴猛，魏晋南北朝时期的武宁，氤氲着浪漫的神仙色彩。在西安里这座城池中，多少风流蕴藉的人物寻踪留迹，他们往来的樯橹水声里，衣袖翻飞中，一个瑰丽神奇的世界让人浮想联翩。

西安里的存在，还有一个价值，就是关于修河水道的变迁。今日的西安里距离修河有7公里，一条小河自牛皮坑方向缓缓而来，绕村而过，流入修河。这条河流宽不足6米，承载不起船只往来。它和1000多年前县治所在地的河流，截然不同。

修河自何时改道，县治从西安里搬迁至甘罗村，是因为修河改道吗？

人们猜测，在三国两晋南朝时期，修河实际上有两道支流。一条从清江乡大田到龙石村洞口，过西安里，此为主航道。另一条就是现在的修河，当时为支流，水量较小，不利通航。到隋唐之际，过西安里的水越来越小，最终无法通航，变成小河流，而当年的支流变成主河道，导致唐朝时把县城迁走，迁到了柳山对面、修河边的甘罗村。

修河是一条典型的南方山区性河流，暴雨多且强度大，洪水起涨较快，洪峰持续时间短，暴雨洪水多发生在4到6月。据统计，自唐元和二年(公元807年)至1949年，修河流域发生过洪水灾害183次。

易涨易退山溪水。或许是大的洪流涌动，山体崩塌，或许是河水中携带的泥沙日积月累，形成滩涂，河流也有着自己的秉性和脾气，对人类的城市而言，唯有迁就一途。

公元710年，唐景云元年，武宁县治迁甘罗村。

这是县志里的一句话。

在这之前，有两个时间节点很有意思。首先是公元589年，隋朝建立，把武宁县、永修、艾县、新吴并成建昌县，县治设在永修。到了唐长安四年，也就是公元704年，析建昌建武宁，这是武宁这个名字第一次亮相。在这115年间，西安里作为被废的县治如何生息？而在武宁重新建县，到710年迁县治，这六年里又发生了什么？

21世纪以来，有一种流行的说法，"武宁"这个名字是由当时掌权的武则天命名的，或者说是当时的地方官为了讨好她而命名的，寓意为"武氏平定天下，百姓和谐安宁"。

真的吗？我初听时斥之为无稽之谈。武则天在690年称帝，705年退位，如果要讨好女皇陛下，为什么不在她权势最盛时改名，却到704年，她垂垂老矣之时再行此道呢？当时朝廷内暗流四起，81岁的武则天已渐渐失去了对朝政的掌控。

翻开历史的704年，那一年的春三月，武则天心情不错。她和宰相重臣们谈到刺史、县令这些地方官员的任命，李峤等人就上奏说，近来朝廷物议都重内官、轻外职，外任的多为贬谪官员，每次官员被任外职，都要再三申诉，恳请朝廷从台、阁、寺、监的官员中选贤良外放，以正风气。武则天允许了，并选出了20人以现职出任地方刺史。

这是704年最有可能和武宁县从建昌县独立并得到"武宁"这个名字相关的信息了。这些被外放的官员去往地方，是否有人积极作为，对一州的旧制改弦更辙，其中甚至有人以地名更改为"武宁"来讨好武则天呢，不得而知。据说当年外放的20人，政绩值得称许的只有常州刺史和徐州刺史两人而已。

再翻开710年这一页的史书，风云诡谲。唐中宗暴毙，韦后临朝，太平公主和后来的唐玄宗李隆基联手反杀韦氏一族，拥立李隆基的父亲李旦登基为唐睿宗，皇朝的权柄又回到了李家人的手里。偏偏在这一年武宁县"去武化"，更名为豫宁县，并把县城所在地搬迁到了西安里的对岸甘罗村。

如此巧合，怪不得后人浮想联翩。

当年豫宁县的县治甘罗村，现在叫新华村，紧挨着修河。一条高高的围堤绕出一湾平畴，阡陌纵横的水田，芦苇丛生的湿地，大小池塘浮萍点点、白鹭纷飞，抬头便是柳山，修河如项圈环绕而去，围堤上藜蒿满地，芦芽纤梗，一片白沙滩直至水边，一两条摇橹船旧得发白，停在老渡口，鸬鹚敛着翅膀立于船尾，相机而动。

新华围堤内只有一两户人家居住，守着百亩良田。其他居民已经搬到对岸的新村居住，日常通过一条摇橹船，到新华围堤内耕作。

沿着田埂一直走，来到老新华村的村口。一棵老到叶片还没有树干裂纹多的古柳之下，有一口青石垒成的古井。古井很大，直径超过两米。井水清澈，舀来尝一口，甘甜。问起村里人，他们说这口井叫甘罗井，一个叫甘罗的人凿的。

再问细的，村里长者也说不出更多了，甘罗究竟有什么功绩，他们并不知晓，只是祖祖辈辈都这么传的。喝着井水的人说着挖井人的姓名，如此而已。

甘罗，春秋战国时有名的人物，传说他12岁当宰相，是中国历史上著名的神童。根据《史记》记载，甘罗12岁时作为秦国吕不韦的门客出使赵国，成功说服赵国割让五座城池给秦国，表现出了卓越的外交能力和政治眼光，因功奉为上卿。又传说他因得罪秦始皇的王后而被杀，野史罢了。历史上的甘罗，生卒年不详。他的祖籍是楚国下蔡，即今天的安徽颍上人，离武宁倒确实不远，而且武宁当时也属楚国。

武宁的地方史演绎，说甘罗智计百出，他早知自己在劫难逃，便假死隐居武宁。还有一种说法是甘罗的祖父甘茂逃难时曾来过这里，以为风水绝佳，便凿井以为记号。

县志里是说甘罗曾经"旅寓"武宁，所以有甘罗村和甘罗故基。最早的"豫宁八景"诗有"甘罗故基"，"下蔡名家称后裔，修宁游寓说遗基"，明朝都有人前来吊古，到了清代，甘罗村无甚可看，人们渐渐以为无羁，就以新的景点取代了"甘罗故基"。

甘罗在武宁的遗迹有多处，除了甘罗村、甘罗井、甘罗故基，唐代县城里还有甘罗坊、甘罗巷、甘罗堡，宋溪碛溪山有甘罗坟。甘罗坟是一个小山包，山上曾建有甘罗庙，已毁，只剩屋基两处。山上还有清代同治年间的古墓，墓碑上写有"甘罗坟"字样，证明地名不虚。

公元710年，更名为豫宁县的县治从西安里迁至柳山下的甘罗村，从修河的南岸搬到了北岸。县志上记载，这里曾有甘罗坊、甘罗巷、甘罗堡。作为历代坊市制度发展的顶峰，唐代将城市居民按坊划分居住并进行管理，形成了统一的城市格局。每坊有坊墙与其他坊、市相隔，坊墙高约2米，墙外有沟，深约2米。诗人白居易曾用诗生动地描述了坊市制下长安城整齐划一的概貌："百千家似围棋局，十二街如种菜畦。"

甘罗村三面临水，依靠修河航道，便于航运。在围堤内，有一片湿地，水生物繁盛，也是水鸟的乐园。根据推测，可能是唐代县城的水道，现在还隐约能想见春潮漫漶（huàn）时节，池塘水溢，连成一片的情形。到了秋季，白鹤、中华秋沙鸭等候鸟纷纷来到这里栖息，又是另外一番繁盛光景了。

夕阳西下，漫步田畴，随手还能捡拾到残瓦断砖，被随意丢在一角。想起一则旧的新闻：1980年，当地人筑新华围堤，曾挖出一条一里长的青砖路基，并伴有青铜器、瓷器和乌纱帽出土。

水侵沙移客船偏，故城在望烟波前。三十五年豫宁县，当时坊市今日田。

豫宁县城搬迁至此仅仅35年，公元745年，豫宁县城又移往玉枕山下。为什么县城搬迁如此仓促匆忙，这中间到底发生了什么事情呢？一种说法是因为修河水患，这个位置太低，水患严重而迁走。另一个说法是村民听老人家说的，当作好玩的故事讲给我听。说当时准备改建县城，或是原地扩建，或是到下游的玉枕山下重建。朝廷派人去量两个地方的土重量，土重者为首选。下游有一个奸商，把乌金碾碎掺在土里，两相比较，自然玉枕山下的土重，于是就把县城迁走了。

星移斗转，日月飞驰，历史的真相无从追寻。这座古城的历史如此之短，只有35年，在时间的长河里，它只在历史书里留下寥寥数字，人们已经淡忘这段辉煌的过去。它甚至不如甘罗井那样，在人们的故事里流传。

豫宁县城搬走后，一些人留了下来，在这里继续生活，繁衍子孙。这里的小地名变成新县，以纪念曾经县治的历史。中华人民共和国成立后，这里改名叫新华村。甘罗村、新县、新华村，一个地方的三个名字，是三张历史名片，今天，我们走近这块广袤丰美的平原，竟没有一个合适的名字来称呼它。"双凫凌烟，一龙批月"，宋代的白玉蟾这样描绘眼前的美景。也许连地理学家也无法解释，为什么修河到了柳山脚下，突然就拐了这么一个弯。这一弯就弯出了良田千亩、古城千年，一段段供后人吟咏的佳话。千年之中，修河经历了无数的变迁，人们也随之作出了种种改变。

那日，在咿呀咿呀的摇橹声中，我们离开新华，向对岸驶去。右手边是一峰独秀的柳山，其余尽是浩荡湖面，水鸟来回盘旋，天光水影，宁静悠扬，使人恍惚回到了古老的岁月。

顺着修河往下，两个柔美的S形曲线弯出饶湾、平尧、渡头、窑墩，就到了玉枕山下。

古县城南傍修河，北倚玉枕山，东临狮子岩，西靠四望山，到了清朝同治年间，城池东西长1.5千米，南北宽约1千米，设有七街十三坊：县前直街、县前横街、上坊街、下坊街、东井街、青云街、北门街；宣化坊、仙桂坊、迎恩坊、明伦坊、招贤坊，激浊坊、扬清坊、藩屏坊、旬宣坊、尊贤坊、遵礼坊、甘罗坊、悦亲坊。30多条小巷纵横沟通，来往道路均为青石板、麻条石或鹅卵石铺砌而成。城中玉带沟自西而东横穿县城，看鹤桥、卧象桥、登仕桥、步云桥、冠盖桥、玉印桥、贞节桥等大小桥梁玲珑铺架其上，江南水城的风韵，不言自明。

唐朝的县城自然没有这般规模，公元745年年初搬迁到此，百废待兴，建城的难度不比千年后百日兴建的武宁县城小。当时的县令叫范建殊，他适逢其时，筑土为墙。五六月间，修河暴涨，时时逾墙而过，如谪居九江的白居易所说，南方之地卑湿，城墙屡圮屡修。

宋代的城市没有资料记录，黄庭坚曾与当时的县令吕晋夫关系亲密，不仅经常有书信往来，且每过武宁县便拜会做客，吕晋夫在县衙内修建东轩，黄庭坚写《东轩铭》以寄。黄庭坚爱到延恩寺探访法安和尚，又常常去往城东看鹤桥边筑草堂饮酒、凿池种荷花、养五色鸳鸯的郑郊那里游赏，诗云"鸳鸯终日爱水镜，菡萏晚风雕舞衣"。芙蕖千叶了，鸳鸯两两，风雅如在眼前，想来城市也应有可圈可点之处。

城里还应有杨柳千条，庭院深深，粉壁墙垣之侧还有才女纤瘦，手执书卷。"惜多才，怜薄命，无计可留汝。揉碎花笺，忍写断肠句。"这是南宋时期武宁才女与陆游的弟子戴复古绝恋后写下的诗词，情致妩媚，心思灵动，千古令人扼腕叹息。

滋养出如此闲情雅致女子的城市，接纳浪荡才子的温柔乡，宋代的武宁县城，不失风情韵致。

除了柔情似水的一面，武宁县还有忠烈刚强的一面。南宋绍兴年间，南方匪乱，岳飞平叛到此，县城被贼所占，据守不出，岳飞趁着洪水暴涨，一夜神兵天降，匪贼望风而逃，县城无损于战火，民众皆感念岳飞，建武穆祠纪念，如今，澧溪镇哨背村还有岳王庙，供奉岳飞画像。

到了元代，武宁城毁于乱世，到了无险可守的地步。明朝县令盛文郁，早先是红巾军首领、小明王朝的宰相，年纪和地位比朱元璋高了不知凡几。鄱阳湖大战之后，盛文郁知大势已去，弃官隐居武宁斜滩教书，后被征召，任武宁县令。他修县衙，建学校，与民生息，大有裨益。到了嘉靖四十四年（公元1565年），武宁县城在当时的县令叶棣任内重建，以砖墙取代土墙，规模建制初具雏形。

星属斗牛，龙光自焕；地钟灵秀，文物时新。武宁县城自20世纪70年代修建柘林水库，山川入海，崖壁观潮，丹崖翠壁，绿水洪泉，自来珠怀玉韫之乡，立成鹤驻凫飞之国。更见故城烟波摇影，新城百日誓成。

新时代，人们相方视址，区画精详，坐论而经营四方，从容以调燮万化。特别是近10年，一座现代化的城市拔地而起，对于它的规划和畅想如蒸汽一般呲呲作响，推动它扩大、成型、完善。亭台楼阁，公园道路，栋宇峻起，紫阁腾辉，乃暨乃涂，如翼如革，檐阿华彩，壁浴金煌。

朝阳湖引来活水，沙田河变身湿地，西海波浪盈怀，美孚备呈。新宁设校，教泽润濡，人文云蒸。南市设厂，筑巢引凤，光明大放。于是开荡消磨，新一时之风气；雉堞嵯峨，立数代之波潮。

沙田河一打开，灵气氤氲，视野开阔，眼睛通明。遍种绿树，可蓄气蓄水，最要紧柳绿花红，悦人心目；四起楼阁亭榭，湖山增色，可人处起坐皆宜，休憩合时；曲径通幽，携伴同侣，赏心事徐徐风来，缓缓水流。

上游情致妩媚，桃花流水、滩涂栈桥，佳日春和景明；下流气势开阔，水平如镜，直流入海，是夜水月双清。

长水桥头的落日晚霞，被狮子衔住，远山流落的丝烟片雾，在柳条倒影中游弋，雨过后木叶的气味浓烈，一双白鹭飞向天边，心里又羡又艳，想如此美景竟少人识，可惜可叹，又喜美景如此为我独享，自私岂不得意？如此胜地，一片平原，四周青山围屏，城市如同一朵莲花的花蕊，沙田河水正是花心之蜜，谁饮之不醉？

朝阳湖、沙田河、庐山西海，内湖外河联动，以朝阳湖为起笔，以水为墨，运气凝神，在城市中书写出"之"字，一笔始终，气脉生动，神来之笔。更有意思的是，这一笔形状正像太极鱼，阴阳动静，妙不可言。这一笔也是国家4A级景区西海湾的主体。

现在，人们来到武宁县城，赞其为"一座人在画中的城市"，很多媒体说武宁县城就是一个4A级景区。夜游武宁城，是外地游客不可错过的一次浪漫之旅，也是电子时代的梦幻田园诗之行。

夜色降落，在朝阳湖码头登船。朝阳湖和西海仅隔一道堤岸，就是另一个天地。堤岸外的西海浩渺，堤岸内是这座悠闲县城的热闹繁华。

一声汽笛，船离岸，听得见水声，看灯光在波光中激溅。如果这夜不冷，可以坐在画舫尾部的露天座，倚在栏杆上，夜风拂面，月、城、水、船，都在眼前。

夜游西海湾，第一个看点是桥。大桥小桥，老桥新桥，平桥拱桥，真桥假桥，侧桥正桥，实桥虚桥，长桥短桥，栈桥廊桥，不一而足。

离码头100米是老桥古艾桥，往前100多米是拱桥看鹤桥，往前50米平桥建昌桥，拐弯50米长桥西安桥，往前40米圆桥碎花桥。至此，从朝阳湖右拐进入沙田河，河面平阔，湿地风情娇花嫩柳，小桥掩映。左边水上栈桥如蛇曲，前方沙田廊桥如宫殿。新宁桥侧涌翠楼下小三峡，开闸放水，闸门一开，水天开阔，800米开外长水桥宛然在目，桥外就是西海了。

一座桥截住一段风情，更难得一座桥还有一段故事。古艾、建昌、西安、新宁，这是记录武宁自商代开始至今的县治变迁。

看鹤桥，讲的是丁令威成仙后化鹤归来，立于城墙华表上高歌"有鸟有鸟丁令威，去家千年今始归。城郭如故人民非，何不学仙冢累累"的故事。鉴于此，宋朝武宁人在古县城护城河边有看鹤桥一座,《明清武宁县志》中记载,月圆之夜立于桥下,可见鹤影蹁跹。老县城沉于西海,为使风雅不没,西海湾中特修建新看鹤桥,按旧志所载,旁有一亭。亭上有邑人题写一联颇为有趣:"千载乡思终化鹤,百年锦绣悔成仙。"隔空逗了一把老神仙,语气中大有家乡锦绣,成仙千载也思乡的自豪,令人动容。

朝阳湖与沙田河交接处,杨柳轻拂,轻烟如雾,一座白玉般的拱桥乍现,如一湾明珠。这是纪念戴复古之妻的碎花桥,桥下闸门上有戴复古与武宁痴情女相见、相知、相爱、诀别4个场景的雕刻,人物婉转,神情毕肖。

夜游看桥,远看看形。长桥卧波,如云如龙,拱桥如月,弯桥如虹。倒影颠倒,如梦如幻。

近看看画。每座桥的桥洞下都有许多壁画。有七百里修河图,有丁令威化鹤故事图,戴复古艳遇别离连环画。有历史人物,有神仙故事,有哀婉诗句,有本地非遗歌舞。船缓缓从桥下过,那些庞大的壁画如同巨幕电影一般,仰头注目,令人屏息。这是坐在船尾的露天座体会最深的时刻。以此为代价则是听不清船舱内讲解员讲述的故事。

第二个看点是灯。从朝阳湖码头到下船的山水码头,沿途桥梁建筑,远近花木都装饰了不同灯彩。霓虹变幻,在夜色中勾勒出一个梦幻世界。灯光沉在水里,是丽影流动,灯光掩在水边的垂柳林中,是透视,灯光化成马、牛、琉璃花朵,是奇想。

声色声色,西海湾的颜色和情景已经做到十分,如若没有音乐简直失落灵魂。武宁打鼓歌,武宁采茶戏。原腔原调,土声土气。

就在水边，桥与桥的中间，船长一声鸣笛暗示，演员就位，一阵鼓点，一声吆喝，山里人的生活气息就突然把你席卷进一个自得其乐的桃源世界。那里有勤劳耕作，自给自足，男女相对，大胆剖露真情，有白头相守的契约，有天人合一的和谐。歌声顺着水汽袅袅牵衣徐徐散落，这时你突然从沉醉中激奋，想加入这群羲皇后裔的族群。可以让讲解员教你一句"哟呵哟呵哟呵哟呵呵呵啦"，你就加入这合唱中，合上了鼓点，对上了节拍，一头扎进了这田园牧歌的世界。

从一座桥通往另一座桥，从一个桥洞穿过另一个桥洞。下船以后不用回头，今夜的梦里，你会再次回到那个田园、那个港湾，你会满足沉沉睡去，如同回到老家。

夜游第三个看点是一场山水实景演出《遇见武宁》。溯源桃源，律动山水，明月在侧，歌舞升平。有人纵水为气，上天入水，有人滑水为器，激浪三千。精彩难描难画，这里我就不赘述了，你们去体验吧。

夜游的终点是桥中桥，一条绘制武宁山南山北美景传奇的时空长廊。人们徜徉其中，意态闲闲，赞叹中带有惊异，在折服之余尚有对往日不自觉的留恋；变化太快，让人来不及体会就已经成型。

21世纪的这座县城，两座跨修河的大桥取代了离别的渡口，过渡、争渡、等渡成为永远的历史，未来还将有三桥、四桥飞速凌空。河水自上游奔腾至此，脚步放缓，放轻，不再匆匆，安静沉睡，再不会逾墙而入，将城市的富饶和烟火席卷一空，在史书上留下斑斑水迹泪痕。

日出日落，月东月西，庞大的诗意降临，那是山与水的合奏、古与今的和鸣，孩子们在风里奔跑，笑容里没有一丝阴霾。他们的记忆月朗风清，他们是这座城市的未来，我想，他们的未来，也是另一番传奇了。

菜

山珍海味不如它，无非淡饭与粗茶。
前年有缘尝一口，至今犹在咂嘴巴。

——黎隆武

武宁人的舌头裹着霜露噙着烟火，武宁人的喉咙被唤作"填不尽的三寸海"，武宁人的味蕾是热热闹闹的集市和静水流深的河床。武宁人的食物是粗犷的也是精细的，是挑剔的也是包容的，重到极致也轻到十分，什锦汤、碱水粑、碉堡菜（武宁炖钵）、包哨子、炸虾须、拳头粑、板笋、棍子鱼、薯粉冻、橡子粉丝……武宁四季分明的季候和四方迥异的方言在食物里一一体现，喂养着我们强健的口齿和胃肠。

　　三寸喉咙似海深。

　　这句话是老伯说给我听的。乡村正月里的席上，堂里表外的亲戚们坐拢几桌，酒酣眼热之际，压轴的蒸腊猪头肉端上来了。十几双筷子夹了一轮，剩下几块乌金镶琥珀一般的肥颊肉，就没有筷子向前了。老伯是主家，劝酒劝菜，个个都推说饱了满了，拿锅铲柄来捅（搋）都捅不下去了。老伯就笑着说："三寸喉咙似海深，填不到底的，再说嘴巴是个废物洞，吃几多，消几多，来，再吃一块。"

　　肉是着实吃不下了，倒是这句话，细品起来，比肉还有嚼头。

　　外地人来了武宁，都说武宁人会吃。这个"会"倒不是指"食不厌精，脍不厌细"的高端，也不是爆溜煸炒神乎其技的技艺，自然，也没什么端上桌就让人惊掉下巴的外形或者千金难求的珍稀食材，更没听说出过什么著名的膳师大厨。这个"会"，是食材上量体裁衣，适得其时，调味上体贴入微，适得其味，是武宁人百千年来和土地的磨合或者妥协，对生活的热切和骨子里的乐道劲儿。

　　武宁人热衷于吃，往喉咙里吞咽的那个干劲比精卫填海执着得多。这种热忱是"人生在世，吃喝二字"的常情，也有武宁人自己的讲究。

武宁有繁盛的山与丰沛的水，出息丰富，材料多样，四季分明的气候和四时轮转的食物，像自然打磨出的山脊线和水流纹一样，塑造了武宁人的胃肠和癖好、挑剔的味蕾和舌头。

山珍河鲜各有本味，武宁人喜欢食物的本味，什么时节吃什么物产，山海各有一本账，武宁人也有一本账，几月冬笋孕土，几月蕨柳成拳，几月泥鳅吐沫，几月鳜鱼跳水，敏感又计较。另一方面武宁人的嗜好是热辣滚烫，特别讲究"镬气"，凉了的菜心凉情凉，吃到胃里冷肠冷肚，不是滋味。

偏偏武宁冬日湿冷，偏居山中交通不便，冬日漫长，山水俱藏，时鲜凋零蔬菜单调，菜肴离锅即冷，肉油结壳，难以下口。武宁的炉子炖砵应运而生。不管是三九寒冬还是三伏酷暑，武宁人的餐桌上总有这么一团火，活色生香。

按说江西的山区县多的是，别的不提，武宁隔壁两邻居修水县和永修县条件类似，怎么偏就武宁人想出了炉子炖砵这个招呢，除了武宁人好（hào）吃，别无他想。

黄泥小炉，灰黑火炭，架上熬煮多年不辨颜色的老陶钵，咕嘟咕嘟文火慢炖，管你天上飞的水里游的林子里跑的地里长的，到了武宁人的炉子里，就是一盘菜。虽不好比太上老君的炼丹炉，但武宁的炉子炖砵里也自有乾坤。

炉子以木炭为燃料，陶钵透气又保温，导热慢，油脂撇净沉淀，味道浓郁而不油腻。棍子鱼炖干辣椒，腊肉炖冬笋，干豆角炖兔子，猪油渣炖山背辣椒粉，猪杂什锦炖，芋头炖排骨，一般以两个菜为主料，辣和蒜是少不了的第二主角。请客吃饭，一桌宴席最少要摆上四个炖钵才像样。冬天固然炖钵越多越好，夏天武宁人也一样要炖着吃。光着膀子满头汗，冰啤酒配炖钵，这就是武宁人的吃法。

和炉子炖钵相辅相成的是武宁人做腊菜干菜的手艺。腊鱼腊肉本是乡下寻常之物，挂在武宁的地炉角里，用茶壳松针熏足一冬，风味已不寻常，无须赘言。武宁人做干菜倒是值得一说。譬如笋干，那真是吃出花了。从腊月里出冬笋吃到六月里笋成林，毛竹笋、水竹笋、雷竹笋、金竹笋、桂竹笋、麻竹笋，男女老少搜山拱林，全民出动扳笋，一场雨过，一夜笋拔节，一日啵啵卜卜扳笋，武宁茶戏里就有一出《扳笋》，演绎的就是这桩盛事。

武宁人上半年吃鲜笋，下半年吃干笋，一年何曾饶过笋半日。

冬笋以稀为贵，不舍得拿它做干笋，用来炖腊肉是最得味的，风味颇似"腌笃鲜"。笋本身够鲜甜，和腊肉搭配费的是时间，武宁人有炉子炖钵，最不怕费时。水滚三道，上桌炉子慢炖，从笋片清甜吃到汤汁浑厚，刚好卡住了佐酒和下饭的点。到了春三月，笋离地三寸了，人们也过足了吃笋的瘾，就开始做板笋、烟笋、冻笋、火烧笋了。

板笋是移民带来的手艺，又叫明笋（闽笋），有说是福建人带来的，有说是来武宁种香菇的浙江人的手艺，现在看，移民里没什么人做，都是山里人的本事，尤其是杨洲罗坪和伊山里头，算山货里的一绝。

清明前后，竹林里笋似草船借箭一般插得成垛，整根挖出来削皮去根，只留鲜嫩的部分。沸水煮透，漫山笋香，乡人谓之"煮山"。用铁叉叉出打通关节，好散热气，山泉水里漂上一夜，去除笋中的麻涩，捞起放入特制的板甑中，头尾相对，层层铺好，不留空隙，盖上盖子，架上枕木，利用杠杆榨出水分。头三日勤快些，每日压榨三次，然后三日、五日一压，压足一月，然后静待时间发酵，等一个晒笋的好日子。立夏后，板笋开榨，有奇臭如柳州螺蛳粉，通身黏腻无比，是笋汁发酵的味道。河水里洗刷干净，大日头底下晒，其间还要经过阴干、晒露（夜晚不收）、回潮几道手续，武宁人对待美食就是有如此的耐心和细致，辛苦几月，得到的是白如玉的板笋，鲜爽如嚼春月，久炖不变味。

　　板笋制作繁琐，烹饪却极为简单，泡软了切丝切片，配料可加可不加，随意一炒就是至味。武宁人逢年过节，必吃笋，口味好，意头也好，步步高，虚心凌云。

　　也有开榨后烘干烟熏的，比如烟笋，色如琥珀，是熏制品爱好者的心头好。也有煮熟后直接晒干的，比如水煮笋干，也有不晒不熏，直接冷冻的。

　　最后收尾的是火烧笋。这是最晚时节才做的干笋，俗话说是懒人笋，到了笋已经成林的时节才想起来要做笋，可不是懒人。山下的笋已经成竹了，大山深处还有笋未开封，几家人约作一伙，凌晨三四点钟就打着电筒进山了。边走边看情况，在笋子多的地方附近找一处平坦的草坡，打草挖坑，烧起火。笋只取笋尖，茅刀砍下来，连壳一起在火上煨熟，煨得汁水淋漓，甜香满林，再剥去火烧得焦黑的壳，削去不可食用的部分，收满一担挑回家晒干。火烧笋色黑，口感柔软如嚼烤肉，炖成钵子，野味十足。

笋干之外，所有的蔬菜都能制干菜。干辣椒不必说，有红辣椒干、青辣椒干、白辣椒干、黄辣椒干，其他豆角干、茄子干也是炖钵的好材料。野菜也要做成干菜，诸如蕨菜干、马齿苋干，冬日里和干辣椒炖肉，滋味真妙不可言。武宁人好似把春天也晒干了，储存在炉子炖钵里慢慢释放。

除此之外的干菜，武宁人一概呼之为"yan"菜，有人写作盐菜，有人写作腌菜，浙江人呼为雪里蕻。有人问我武宁人做盐菜什么时候放盐，我说做盐菜一般不放盐。人家反问，既然不放盐，为何叫盐菜。不放盐，也就不为腌了，武宁人叫"yan"菜，所谓何来。我想了想，可能是蔫菜，去除水分使其萎凋，纤维软化，青气消尽。武宁话说起谁无精打采、又瘦又干瘪，说他跟"蔫菜"一样。无奈蔫菜已成盐菜，我也随俗吧。

武宁人做盐菜，选的是过冬的芥菜，叶子肥厚粗壮，甜度高，青菜也做，稍次一些，白菜更次，莴笋叶子是做不了盐菜的。芥菜洗净，切丁，入铁锅炒软，至水气半干，出锅晒干。晒干后上木甑蒸一个多小时，蒸透以后色泽黑亮，蒸好以后再次晒干，讲究的人家会重复蒸晒环节，这样做出来的盐菜更香甜，色泽乌黑发亮，放的时间更久。采药人都知道，这种做法是传统九蒸九晒黄精的做法，都说武宁人的盐菜是菜也是药，陈了三年还没发霉的盐菜，老人家拿来蒸了吃，可以治拉肚子。

另一种值得一说的干菜是芋头荷。

好吃好吃芋头荷，好戏好戏野老婆。民谣的来历不知有什么故事，芋头荷是芋头的茎，荷应为"禾"，可能是芋头叶片与荷叶相似，故名。七月暑气湿濡，芋头荷还泛着鲜嫩的红，妇人们用镰刀割了回来，摘掉萎黄的叶，舍弃乱如麻絮的老梗，把不能言之于口的段落细细切割，洗净、晾干、曝晒，风也来光也来，霜也来露也来，时间最后赶来收尾，把这些辨不清颜色的、女人心事一般的柔软食物，藏进深深的柜子。芋头荷容易浸透油盐，和肉炖，和鱼炖，都千依百顺。

山里人为了保存食物不腐不坏，学习改进了制作干菜的手艺，然后找到了让干菜美味的烹饪方法，这就是武宁人的智慧和对生活乐此不疲的发掘。

新鲜食物当然也是合适炖钵的，刚离水的鳜鱼，甫上岸的河蚌，泥鳅王八，石鸡蛤蟆，都是鲜掉舌头的山珍河鲜。不鲜，武宁人还懒得炖呢。武宁的山上有香菇、石耳、黄精为珍，河里的鲜鱼更是多种多样。武宁的水质为国家一类水质，一说是武宁的清水鱼，价格立马翻番，湖北的鱼到武宁湖里来洗洗澡，出水卖相就不同。

鲂鳊鲫鲶，泛鳞水鲜，尽是钵中物。传说中的"三尾六足四目"的儵（tiáo）鱼，本是武宁鱼类的标志，东晋文学家郭璞在《山海经传》中对武宁的注解是："有水名修，有鱼名儵，天下大乱，此地无忧。"如今难觅踪迹。以鱼为食的"鱼中鳌拜"鳡鱼、"鱼王"鲟鱼、娃娃鱼大鲵等珍贵鱼种现在已经被保护起来，洁白肉质细嫩的翘白、鲜如河豚的斑鳜、黄丫头、小溪里的石壳鱼，光名字就能让老饕们食指大动。

把各种食材用大火爆香，或者煎炸熘氽，锁住鲜味，配齐要素，水滚三道，上炉子炖。武火文火交替上阵，旺火微火着意煨烘，食物的味道完全释放，火候、镬（huò）气、原味，尽在一钵之内。可能是喜欢吃炖钵菜的缘故，武宁人对钵有种莫名的钟爱，夜宵摊上武宁人拼酒，不耐烦对瓶吹，叫服务员上几个大钵，三瓶四瓶倒满，一口气喝完叫"搭一钵"，武宁人的豪气可见一斑。

名声最大的炖钵菜，要数棍子鱼炖辣椒壳，说来也奇，天下的鱼，鲜嫩与耐炖，二者不可兼得，棍子鱼偏能兼美。

棍子鱼个头不大，泥鳅一般，大眼扁身，长得像根棍子，全身一根刺，有传说是大禹治水时掉下的定海神针所化，反正修河里没有比它更像棒槌的。它属鱼纲鲤科，对水质要求极高，离水一刻即死。清醇的水质养得它鲜甜无比，肉质紧实，久炖不散，简直为武宁炖钵而生。由于实在喜爱，武宁把棍子鱼成功地注册了地理标志。

热辣滚烫的武宁人用炉子炖钵诠释了"热"，"辣"则是武宁人对口味的偏好。江西人能吃辣，随着各地互相交流，也渐渐声名鹊起了。武宁人对辣的偏好是香辣，不爱麻不爱酸不多放什么胡椒花椒泡椒，就是喜欢辣椒不偏不倚的香气和纯正的刺激，是能把辣椒粉吃成主菜的忠实嗜辣狂徒。

高山辣椒粉炖猪油渣，是武宁山背的名菜。这道菜一定得是北屏山一带出产的高山辣椒，红壤土种植，低温强日照，雨少云雾多，肉厚晚熟，皮薄个大。石臼舂成粉，石磨碾成酱，刚入口冰糖甜，三秒后辣椒素来袭，辣得冒汗，辣甜辣甜，撞色味蕾，咸鲜弹口，别地无此风味。端上桌来红彤彤一片，让不吃辣的人无处下手，武宁人看得眼底生欢，用调羹舀一勺拌在饭里，我的一位闺密，少女时曾连吃8碗拌饭，成为一段非著名"佳话"。真的猛士，舀一勺进嘴，再灌一口刀子一样的山背谷烧，立马脸红脖子粗，头上汗直流，举座谁不服。

辣椒没进入武宁之前，武宁人也是嗜辣的，石门楼镇的人吃姜，也是把姜吃成了主菜。逢年过节或是红白喜事，一道姜丝汤是绝对少不了的。厨房里一大篓姜，厨师切姜切到指头痛。姜丝汤必要选嫩嫩的仔姜，切成手指长短，土豆丝粗细，这是主味，配料则可丰可俭，油豆腐丝是底料，若是炸了银鱼干、墨鱼丝来配，定能香得人打跟头；加上猪血丝，是旺子汤；再加猪肚丝、猪肠丝、肉丝，这就是长旺汤，既有嚼头又有意头，升学宴上必不可少。石门楼的黄砂土适于种姜，用稻草秆晒的干姜味道也比别处香，菊花茶里也少不得放盐姜丝，女儿出嫁，要装两罐晒得齐整的仔姜陪嫁，寓意早生贵子。

武宁的美食就如同武宁的方言，四方迥异，十里不同风，百里不同俗，可能是莽莽大山隔开了一方水土，一条山沟里自成一个小气候，一种特色食物或者特色做法，竟为一方所独有，这是一代代人一点一滴调试出来的创造，是用舌头和胃肠反复体验的成果。

关于这些，外人是很难完全理解的。某日，央视一个专拍美食的栏目组到了武宁，采风四五天，笔记几长篇，导演很激动，说素材特别多，武宁人称得上"吃货"。到了要拍的时候就犯难了，说武宁菜"虎头蛇尾",食材的获取和制作特别讲究,笋也好、汤也好、鱼也好、粑也好,一到烹饪环节就特别简单,不是炒就是炖,没花样,拍出来没看头。

我笑了。不是说最高端的食材往往只需要最简单的烹饪方法吗?武宁菜还真就是这样。

就比如什锦汤吧,武宁人宴席的头道菜,评上了九江市非物质文化遗产,上过国宴,还有个"八宝什锦汤"的花名。什锦汤名为汤,实为羹,北方的朋友可以类比陕西的胡辣汤,不过滋味相去甚远。

什锦汤做起来挺费劲,要把十几样的食材切成丁。武宁人管什锦汤的备菜工夫叫"斩"什锦,一个大木盆洗得干干净净,一样一样食材进了盆,切成大小一致的形状。菜刀剁得山响,笃笃笃,干脆又有韵律,过路人一听就知道这家有客人,在做什锦汤。什锦汤的食材还不只是切丁,有些食材比如薯粉坨、猪油渣,成型之前还有别的工夫。

"斩"好什锦汤的食材,根据易熟程度、不同特性,分时段下锅炒香,加水盖盖熬煮,期间要不断搅动,防止沉底糊锅。熬上四五十分钟,熬得所有的食材融和了,硬的软和了,韧的浸透了,香的融化了,精的圆和了,咕嘟咕嘟均匀了,就可以起锅了。

武宁人擅为此道。千百年来坐拥修河航道,客商云集,南来北往的人在武宁城乡歇息打尖,不同的脾胃和性格,要在一张桌上和乐融融,中国人信奉能吃到一起,也就能说到一处。何况武宁是江西最大的移民县,移民人口近半,河南安徽浙江福建,天南地北的人凑在一个山旮旯里过日子，不仅相安，还要相亲，在武宁不是难事，是常态。

一碗什锦汤，堪称中庸和融的具象。作为宴席头道菜，要不分男女老少宾客远近都能入口。不管远道而来肠胃空了许久的，或者走了长路吹了冷风的，或者早起赶路肠胃不适的，或者怕见场面羞于大嚼的，或者年老体弱食欲不振的，什锦汤都能妥帖照顾。

什锦汤的来历有个故事。说是武宁山里有对老夫妇，生了10个儿子，都外出谋生。临近除夕，儿子们还没有归家，老两口正盼着呢，儿子们竟在一天里全回来了，还都找了媳妇。10个媳妇第一次上门，免不了要在公婆妯娌之间表现一番，个个暗地里攒足了劲，一人烧了一个菜端到公公婆婆面前，请他们品尝。老夫妇两人怕厚此薄彼惹得儿子媳妇们生了嫌隙，就把10盘菜一起倒在锅里，加几瓢水，调了红薯粉作糊，煮成一锅羹，人人分得一碗，和和乐乐地过了年。

故事要的是寓意，不偏不倚方为和气。其实，什锦汤还真不是随便几盘菜几样食材倒在一起就能熬得出来的。如果考究什锦汤的来历，这个故事倒有一定的真实性，比如冬季，确实是什锦汤各种食材最适宜的季节。我若是在什锦汤里吃到春夏的时令菜，比如莴笋豆角之类的，那真是跟戳了心一样难受。

什锦汤的食材虽多，却各有定数，不是乱配的。讲究的是有荤有素有干有湿，有香有脆有软有韧，有甜有酥有精有粗。又要好入口，又要有嚼头；又要嘎嘎香，又要扑扑脆。

荤素里头，肉和笋是一对好搭档。肉最好是肥瘦相间，腊肉又别有一番风味；笋当然是干笋，水竹笋嫩得好，板笋也过得去，要的是恰到好处的纤维感，经络分明在牙齿间挤压的韧感。烟笋就使不得了，烟熏味重不清爽。老笋根是万万使不得，可别杠了老人家的牙。

干湿都是豆腐，油豆腐是干，白豆腐是湿。最好是菜油豆腐，炸出来香。茶油豆腐也不错，黄澄澄的好看，若是有陈腐气就不如不要。虽都是豆制品，若是拿腐竹和豆腐皮替代，那就是孙悟空变了高翠兰——芯都不一样了。要的就是油豆腐炸过之后内囊的空隙与包容，加上油锅里打过滚儿，表层皮脂的老练，与白豆腐的"实心眼"和嫩像相映成趣。

软的是香菇，韧的是黑木耳，这两样都是要泡发的，吃在嘴里是两种截然不同的口感。香菇要香气纯正，个头饱满；黑木耳要那种入热锅有爆响的，嚼起来韧中有脆。

什锦汤里，萝卜不能少，水噗噗的白萝卜，甜丝丝的胡萝卜，这对"姐妹花"经济实惠又有卖相，在什锦汤里不可或缺，却又不能比重过高，最好少些轻些，不然就抢戏，成萝卜开会了。好多人做什锦汤失败就败在这上头。

香的是油炸花生米，脆的是马蹄，也就是荸荠。两样切丁，等什锦汤出锅后撒在上面，不等泡开就吃尽才是好汤。花生米一定要切，不切丁的花生米就是个硬闯内室的外人，强贼一样，咬起来它要滚，没等嚼它就溜下喉，吃这样的什锦汤，忍不住就"啧"一声。但是也不能切太碎，混在了汤里，嚼不出个头，就索然无味了。荸荠脆生生的，难得它甜却不抢味，不像别的水果香气浓郁，一进口就压倒群雄。这两样里头，荸荠是锦上添花的，没有也使得，花生米则不能缺席，再俭朴的什锦汤，离了花生米就不像样了。这两样还有一个伴侣——芝麻，黑芝麻白芝麻不拘，自然黑色的更打眼，撒上去香得更具象。

这10样食材是什锦汤的基本操作，红黄青白黑，已初具色相。武宁东西南北不同片区，什锦汤的味道差别大了去了。先是汤里放不放红薯粉勾芡，放多少红薯粉，口感已经有清爽和黏稠的区别了，加料就更是花样百出。

比如有的地方坚持要放猪肠，而且只能是小肠，和肉一起炸香，嚼起来那叫香气回环。有的地方则对猪油渣情有独钟。新鲜炸一盘猪油渣，切碎了撒在汤面，这才叫香脆。也有猪油渣切砣，熬在汤里头，香得深沉。

有的地方则讲究汤底，不熬一锅绿豆粉丝汤做底那是没吃头的。绿豆要熬出沙，粉丝要溜溜滑，哎，什锦汤的层次就起来了。

还有的地方额外加的东西就更多了，先熬一锅薯粉砣，切成块掺在食材里，炒了以后熬汤。

薯粉坨是一道农家菜，那也是个费事的活儿。红薯粉入冷水锅，在温度渐升中不停搅动，红薯粉先是黏稠得发白，黏得锅铲搅不开，千斤重一般，这时切不可停，接着渐渐透明，等到没有发白的部分了，一团薅起锅晾凉。薯粉坨掺在什锦汤里，增加了猪皮冻般的弹牙口感。

这还没完，粉皮、油面、米粉，掰碎了加在汤里熬，这一锅熬出来的什锦，习惯是用脸盆装。一盆什锦汤上桌，桌上不许上别的菜，一人一碗，调羹叮当响，吸溜吸溜，吧唧吧唧，从鼻子到舌头到牙齿都有响动，咀嚼和吞咽带来快感，脸上的肌肉都被充分调动，随意抓拍，人人都是笑模样。

斩了一大盆什锦汤的料，熬汤的只是一小部分，在西南片区的东林上汤船滩和石门楼等与修水县接壤之地，包哨子是更花工夫的吃食。

哨子是修水县的市级非遗，其实武宁人也包哨子，就像什锦汤是武宁的非遗，修水人也吃什锦汤一样。不过到底还是有不一样的特色。

哨子俗称大哨子，以红薯粉揉出皮子，里包什锦馅料。

不包馅料的称为细哨子，在武宁的东北片区管它叫薯粉圆子。将芋头或红薯蒸熟成泥，加上红薯粉揉成丸子（有些地方还会掺进大蒜瓣，我真吃过），捏扁。说起来，武宁人管球形的食物叫"果"，比如米果、艾米果，扁状的叫粑，余粑、麻糍粑、碱水粑。圆子不属于上述两类，先搓圆，再捏扁，中间用指头按出浅窝，煮至微微透明，撒上虾米葱花，东片区喜欢白胡椒口味，什锦汤他们也要撒白胡椒粉的，薯粉圆子也不能免；口感柔软甜弹不粘牙，花名叫"珍珠玲珑丸"，没几个人记得住。

肚子里有料的叫大哨子，船滩一带西片区叫"包哨子"。哨子这个名字是方言音译，其实应该叫苕子。苕，红薯也。山里人离不开红薯，生吃可做水果、点心，蒸煮烤炖可做干粮、宵夜，切片刨丝晒干可以久存辅粮。山里人犹嫌不足，碎成粉，泡茶做汤，搅和成冻、成坨，做成粉皮粉丝，形态全改，变化多端。然而，红薯在山乡美食中最具创造性的成果还是哨子。

修水哨子走的是"深闺俏佳人范"，讲究软、糯、柔、莹。莹是指肤色洁白，如同羊脂玉一般的色泽为最佳。这种色泽是芋头的功劳，将芋头煮熟剥皮碾成泥加入红薯粉，滴上几滴茶油，不仅颜色白净，而且口感软糯，筷子夹得断，是无牙老人的最爱。也可以把芋头替换成土豆，口感不及芋头糯，色泽更好看。将材料换成红薯，颜色微黄，做出来的皮子不及芋头的薄，但是甜香满口，也有人钟爱。修水哨子馅料有甜咸两种：甜馅料一般为芝麻糖、豆粉拌汤；咸料简单，干红辣椒炒肉，一般都是猪肉、油豆腐、干香菇、花生米、干辣椒等切丁炒熟。

哨子与饺子最大的区别除了一个用红薯粉一个用面粉外，就是馅料。哨子使用炒好的馅料，饺子一般都是生馅料。

修水县流行蒸哨子，武宁哨子的一般做法是煮。水烧开后下锅煮熟，等到哨子一个个从锅底翻滚着浮起，胀大如球，然后渐渐消气，就可以捞起，放上油盐、葱姜，就可端上桌。石门楼镇的山里人讲究回锅哨子，哨子捞起后搁在筲箕里滤水，锅里水去净，一小坨猪油化开，放入葱姜蒜干辣椒爆香，然后舀一瓢煮哨子的水烧开，放入哨子翻炒，即刻起锅。这种回锅哨子补充了哨子外皮无味的短处，滋味浓厚，百吃不腻。

武宁哨子最有特色的还是船滩东林一带的包哨子，口感爽滑劲道，俗称牛皮哨子，走的是"飒爽英姿侠女流"。包哨子表皮为半透明的灰色，五彩的什锦馅料微现，惹人垂涎。这一带的哨子从红薯粉的做法开始就与修水有差别。东林等地的红薯个大粉多，制作薯粉时，磨薯、洗渣、滤水、沉淀、晾晒，大致流程相同，但是在沉淀这一环节，修水县及石门等地方一般是沉淀两三日，就开始晾晒。性急勤劳的会用棉布包上灶灰来吸水。东林这边则是浸上半个月以后再取出晾晒。晒出来的薯粉颜色微深，却更有"经义"，延展性强，有韧性。

包哨子只用红薯粉，不加芋头、土豆、红薯等任何辅料。97度的水冲入红薯粉，趁热搅拌均匀，薯粉的延展性就被"烫"出来了，和北方人烫面是一个道理。一小团薯粉就可以捏一个又薄又大的皮子，包哨子形状为元宝形，有点像饺子，个头比饺子大多了。过年的时候尤其讲究大，盛一个包哨子在碗里，头尾像鱼一样翘出碗沿为吉利。

包哨子夹起来也像鱼一样滑溜无比，拿筷子方法不当的人在饭桌上原形毕露。咬起来爽利筋道，如熬制得法的牛皮，老爷爷也能咬得动，却又能感受胚子的经络韧滑，与馅料的香味融合，满嘴生香，越嚼越有味，好像跋涉在山林间顾盼神飞，张弓能射虎般浑身是劲。

红薯粉裹着各种干货和萝卜的大杂烩，匀着艰辛经营和包容豁达，混着酸甜苦辣，是过日子的经验，也有灵机一动的尝试。和和满满地过日子，不分彼此地抱成团，口舌受用，腹中饱满，岁月也就过出滋味来了。

宴席上吃毕了什锦汤和包哨子，第二道菜一般是甜口的粑粑米果。船滩的炸虾须，东林的桐子粑，石门楼的油盐米果、籴粑，鲁溪的拳头粑、山背粑，泉口的印子粑，罗坪的麻糍粑，参差错落。

如果说红薯和红薯粉作为外来食材，为"新"特色，以米、荞麦为主料的粑粑米果就是江南鱼米之乡的传统了。

按照季节，春季的艾米果是清明寒食遗俗；炸虾须里用到新鲜韭菜，春韭最合适；夏季的桐叶粑是早稻米的清甜包裹在初夏梧桐叶里的清香节气；小满吃苦菜粑；秋季收割了红米，用稻草秆烧灰浸泡出的红米碱水粑，味如牛肝；冬季丰盈，麻糍粑、印子粑、拳头粑、荞麦粑、红糖籴粑、米浆哨子，是碳水爱好者的天堂。

北方人肯定难以想象，一桌宴席，大鱼大肉随便做，却用那么多的工夫去做汤、做哨子、做主食，不是还蒸了米饭吗，真是想不通。

武宁人如我，最爱这些粑粑米果，连忙解释，粑和粑之间，口味差别大着呢。比如有黏性的是麻糍粑，由糯米加工制作而成，好吃是其一，作为年节食品，打麻糍粑是春节前夕烘托气氛的民俗活动。

把当年收获的新糯米浸泡一夜，放入木头做的饭甑里头大火蒸熟，趁这工夫准备好打麻糍粑的工具。长长的棒槌、圆圆的石臼洗刷干净，糯米饭一出锅，左邻右舍一哄而上，都想凑个热闹。白白的糯米饭在棒槌的击打下，被捣烂成泥。打麻糍粑的人们围成圈，小孩子们在旁边争着看个究竟，大人小孩笑声一片，乍一看不像在做农活，倒像是来到游戏现场。

打麻磁粑其实不简单：一要掌握好时间，"趁热打铁"，一定要在糯米饭冷掉之前完成，快捷有力，麻糍打得越烂，麻糍就越"糍"。二要注意节奏，在击打的过程中，用力过大，糯米团就溢出瓦臼，用力太小就粘住甩不脱，少不得被抱怨拖后腿。不过五六分钟，糯米团就已经均匀捣烂，可以进行最后一道工序了。大家用手中的棒槌抵住糯米团，齐心协力，把米团从石臼里顶叉起来，放在撒了一层糯米粉的板桌上。做粑的师傅用手把糯米团平整成一寸左右的大饼子，等待凉透，切成块状或圆形，就是广受欢迎的麻糍粑了。在山背地区，平整的时候还会撒上一层黑芝麻，口感就更香了。

麻糍粑在武宁有着悠久的历史，是村民上山下地、出远门劳作或春荒时节居家度日的干粮。它因香糯黏滑、口感独特而受到大家喜爱，不管是蒸还是煮，都美味可口，而若是把麻糍粑撒上白糖油炸，炸得外黄里白，外酥里糯，糖汁浓郁，糯米的芳香随着热气扑鼻而来，咬一口麻糍粑，似乎就咬着了幸福的盼头，咀嚼着生活的甜蜜。

什锦汤、包哨子都是这样，工序繁多，要人相帮，左右邻居互相体贴，今日做你家的，明日做我家的。大家七手八脚，说说笑笑，平日里有什么说不开嘴，抹不开脸的，这时对个眼神，帮一把手，就没什么过不去的坎、解不开的结。或许，这就是武宁人愿意花这么多工夫去制作这些具有黏性的食物的原因吧，不止黏牙，黏住的还有人情和人心、彼此间的善意和祝福。

黏牙的麻糍粑，不粘牙的碱水粑，弹牙的印子粑，不粘不弹的是拳头粑。

拳头粑硬扎，粳米磨成粉，揉成团，手掌成拳一捏，就捏出一根根有手指形状的米粑来。蒸熟后，放上青蒜大蒜辣椒煎炒得香香的，这是现代人的改良。传统做法是煮熟，撒些盐，直接端上桌，不需要任何花哨。拳头粑就是硬通货，浓郁的米香，微甜的口感，从做法到烹饪，吃的就是米的原本之味。

虾须粑和虾没有一丁点关系，是用红薯粉和面粉调糊裹糖和韭菜炸出来的，勉强可以叫作南方的韭菜盒子，甜口。辽山脚下的人会做这道食物，名字和辽山的故事有关。且说唐朝"安史之乱"后，群雄割据，藩镇自立，辽山脚下有一个叫曹和的好汉，因抗赋税繁重，揭竿而起，在辽山立起山寨，拉起人马，自封为王。可惜遇上了唐朝"元和中兴"之帝唐宪宗，这位皇帝以整治藩镇割据名彪史册，于是派出沈太师，破了辽山寨。传说这位沈太师面红背弯，当地人暗呼为"沈虾"，以韭菜入油锅炸，韭菜微卷如虾须，暗讽"沈太师入油锅"之意。"炸虾须"鲜香扑鼻，口感焦脆，殊为美味，不知始作俑者和沈太师究竟有什么关系？

荞麦粑是卖相最差的，煮出来黑乎乎的，人不敢轻易下口。我吃过最好吃的一次，是在东林乡一座黄泥夯的土屋，女主人不好意思般端上一钵荞麦粑，无人下筷，我是猪食都想尝一口的人，撮了一块到嘴里，荞麦粗粝的口感粒粒蘸着油盐，咀嚼间空气与荞麦的香气混合出一种让人安心的味道，不由吃了一块又一块。主人乐了，提醒我荞麦撑肚，我不以为然，结果那日是抱着肚子回去的。

武宁人以前应该是多种荞麦的，荞麦产量不高但是稳定，也不像水稻那么要人伺候周全。所以流传了一个关于荞麦田里的笑话。民国年间，有一位浪荡子被父母省吃俭用送出去上洋学堂，学了一年回来，穿西装戴礼帽，手里一根文明杖，自觉洋气得不行，问他母亲，父亲何在，母亲说在田里。洋棍子（形容那些装模作样的人）

来到田里，叫了一声父亲，他父亲正在除草，没认出他来。他就咳嗽一声，用文明杖指着荞麦，装腔装调地问："这个，啊，这个红秆绿叶开白花的，是什么东西？"他父亲听着声音抬头一看是他，夺过文明杖就要抽他屁股，撵得他礼帽也掉了西装也开了，抱头大叫："不得了，不得了，荞麦田里打杀人。"他父亲狠狠地骂："你也认得这是荞麦。"

荞麦做的食物还有山背豆结，用荞麦粉和粳米粉按照比例掺和，菜油下锅，用蚌壳或者薏米穗扎的小帚把荞麦米糊均匀摊开，煎成焦香微黄的饼子，出锅摊凉，再切成丝，晒干储存。吃的时候清水煮开，清清爽爽，油炸做菜，都香脆满口。

伊山里头的人家，还有用苦荞麦粉、玉米粉和薯丝粉蒸的旱粑，苦津津里甜丝丝，放凉了带上山里作干粮，取材绿色生态，用红薯丝磨粉，闻所未闻。

这些都是可以上宴席招待客人的菜，其他如葛粉羹、蕨粉冻、麻片糖、兰花根、薯片、膏蹄肉等零食，油炸、烧烤、炒米粉等宵夜，又是另一番美食江湖。

武宁人的舌头裹着霜露嚼着烟火，武宁人的喉咙被唤作"填不尽的三寸海"，武宁人的味蕾是热热闹闹的集市和静水流深的河床。武宁人的食物是粗犷的也是精细的，是挑剔的也是包容的，重到极致也轻到十分。

当然，你要是不信，就来武宁，用自己的舌头尝一尝。

酒

山背谷酒香万里，引得酒仙馋欲滴。
只因天庭无此酿，猴王至今不思归。
　　　　　　　　——黎隆武

谷烧和米酒，包着壳的和脱去壳的谷物，在时间的温度里发酵出醉人的乡情和遐思。酒里有山背的豪情万丈、河背的柔情百转，有宋代进士的君子之交，有民国将军的生死盟约。酒是武宁山峰的高度，是修河血脉的延伸，是武宁人舌尖的火、喉咙里的吆喝，热腾腾的血性和义气心肠。

"酒匠哥，酒匠哥，一头酒甑一头箩，我问师傅酒几担，这回谷酒蒸几多。

酒匠哥，酒来蒸，一头酒盒一头甑，我问师傅何方去。我到前头把酒蒸。"

和武宁人交朋友有三个层次。

第一层是一见如故，推杯换盏，无话不谈，无事不应，让你想起一座城，脑海里就浮现一个人。第二层是带你回家吃饭，认得门识得亲眷记得路，这是敞开了心胸。请你在家里吃饭，从厨房里直接端上桌的烟火，共享家的滋味，须知肠胃的位置比心更深。第三个层次就是吃饭的时候拿出了自家酿的谷烧。

中国人的酒从来不单纯，所谓"醉翁之意不在酒"，多的是意在酒外。酒是礼，是媒，是饵，是钩，是催化剂，是套马索，是锦上花。在酒局上，喝酒喝的是排场，品味和价位缺一不可，比如经济实力、慷慨程度，有时候还需要背景和渠道，品牌、年份、庄头、包装，装置酒的载体远远大过了酒本身。买椟还珠是一个古老的寓言，其实它日日都在活灵活现。

谷烧不同。

它没有价钱，没有比较，没有那些能卖上钱的酒摆脱不了的附加值。

谷烧就是谷烧，是从浸透了汗滴的土地里生，寒露里蒸，肩膀上挑，血管里流，从渴口与馋涎下存住的精髓。它是武宁人待客最堪自夸的好物，也可能是一个家庭待客最明显的短板。

一口谷烧入喉，烈、冲、辣、苦、香、甜进口钻喉咙，喝下一条巷。来自武宁山野的暴风雨劈头盖脸，席卷感官和肺腑，这时候还能叫出一声好来，武宁人一辈子都认你这个朋友。

夸一个人的谷烧酒好，不止夸了主人，女人、老人、烧酒的师傅，帮忙的邻舍，连家里的黄狗都与有荣焉，凑过来对你摇尾巴尖。

谷烧和酒，一个是农业文明积淀的产物，一个是资本市场的商品，一个是土地时序的作品，一个是流通品。

酒是粮食精，100斤稻谷酿40来斤谷烧酒，还要请酿酒师傅吃住，不是丰年，不是大户，谁家酿得起酒。

不说远了，20世纪80年代差不多人人都吃得起饭了，酒仍然是个稀罕物。谁家办喜事，一桌一瓶白酒一瓶甜酒，最有钱的人家牛哄哄上桌一瓶四特酒，顶了天了，批发价两块二一瓶，有钱都买不到手。店家供货渠道窄，四特酒和奢侈品爱马仕一样，要配货才卖。就拿赣北边陲村庄的一个小卖部来说，一年最多进货八箱四特：端阳节两箱，中秋节两箱，过年四箱，一箱四特酒24瓶，不是长年照顾生意的顾客或者买货多的人，根本买不到。

那时候，人们手里还是有些余钱的，比如和湖北交界的村庄，壮劳力从山上锯木头卖到湖北，来回一趟50华里，一趟120斤能赚

20块。

次一等的酒是山西杏花村汾酒厂的竹叶青，再次一等是广西产的三花酒，一块六毛钱一瓶。再往下，九毛钱一瓶的酒，人们就记不住名字了。

酒越珍贵，馋酒的人就越多，关于酒的段子和笑话自然也多。我听了一些，差不多两类：一类是酒和面子的故事，物资贫乏的年代两者难以兼顾。另一类是喝醉了闹的笑话，俗话说"喝一辈子酒，出一辈子丑"，难免的。都是本乡本土真人真事，有些情景烙着浓浓的时代印记，物资丰厚的年轻一辈可能已经无法领会其中的酸甜苦辣了。聊将一两个从酒桌上听来的段子与大家佐酒。

先说一个"打手"的故事。可能有人知道我要讲谁，已经笑了。此"打手"非彼打手，是真的打手板子。前面也说了，乡村里难得喝到酒，除非逢年节或是办喜事。一般宴席桌上只得一瓶白酒一瓶甜酒，甜酒几乎等同于糖水，算不得酒。一桌若是女人孩子多，还好分些，若全是男人，还没有新生儿拳头大的酒盅一人只分得几盅，还没喷出味道就分完了。某人好酒，下定决心要厚着脸皮多喝几盅。到了席上，主家来劝酒，端着酒瓶底来给众人筛酒，某人连忙起身，用手虚挡"够了够了，客气客气"，主家看他这样作礼，只筛了一轮就罢了。某人回到家里，越想越气，越思越悔，忍不住伸出那只"作礼"的手，一边打一边恨恨地骂："就怪你，拦什么拦，他又不是没有酒，我又不是喝不得，多事……"

某村一好酒之人就比这位老兄聪明得多，每次送礼，他都比别人多喝几盅。他的秘诀就是沉得住气，人人送礼都赶早，怕去晚了显得不恭敬，又怕席上没位置。这位仁兄清早起来，围着堂前屋背打转，洒洒水扫扫地，挨挨蹭蹭，估摸着快开席了才动身。到了屋场，果然什锦汤都出锅了，席上开始筛酒，他以迅雷不及掩耳的速度挤进看好的座位，眼明手快抢过酒瓶，口中连连告罪："不好意思不好意思，来晚了来晚了，慢待大家，我自罚三杯。"话还没说完，三盅酒已下了肚。人家都看穿他的心思，一来没防备，二来也不好戳破，就只能笑笑算了，从此给他个诨号叫"酒来迟"。

这是做客的故事，也有请客的故事。且说某人家里来了远客，自然要好生招待。可怜他家缸底比脸都干净，哪里招待得起，偏偏又是个极要面子的人，不能明说。老婆让他赶紧到邻舍处去借米，他就拎着筲箕到邻居家借了3升米。一进门，客人已经到了，一时之间有些尴尬，他倒有急智，一边拍着筲箕一边和客人说："黑了天吧，现在什么世道，这样好的白米都买不到哩，今日只能请你吃顿便饭，改日请你喝酒。"

主人窘迫，客人如善解人意，应是圆过去了。有些状况是主人有酒却不拿出来喝，自然客人也要耍些手段了。某日一个博士（木匠）被人请去打柜子，东家殷实，这个博士心想有口福了。谁知一日吃饭也不上酒，两日吃饭也不上酒，第三日博士忍不住了，到了吃饭的时候也不上桌，厅堂厨房里探着头四处找。东家赶紧问是丢了什么。博士说是斧头不见了，不找到做不了事。东家不禁笑了，说斧头明明就插在你后腰上，你还到处找。博士一听，伸手一摸，果然在腰上，也跟着笑："畜生畜生，今日还没架势喝酒，怎么就糊涂了。"东家一听，哪能不明白话里的意思，只好端上酒来请博士好好享用一番了。

关于酒的故事，扫扫屋背，家家都能拣出几个。我家也有，只是不够经典。外公的大哥是习武之人，一个油榨厂和碗厂的花销供他学了5个打师，来去4个老婆，拳脚功夫出众，命途也实在坎坷，平生好酒。有一日，和新家岭上的人拼酒喝得烂醉，被人用两根竹杠抬回来，人事不省，一日一夜都没醒。太婆（曾祖母）用冷水淋、打耳光都弄不醒，屋场里的人都说这是醉杀了，没治手。她是个不信邪的，听说樟树解酒，家里的屠凳正是樟木打的，叫人搬到上屋一棵古樟之下，把我大公放上去，不停地往他嘴里灌水，水灌下去就从嘴角漏出来，太婆又恨又怕，一下子"瘟伤""短命鬼"不离嘴，一下子"崽啊儿啊"地唤，眼泪滴答还是灌水。到了第二日，大公"哎哟"一叫醒了，睁开眼睛，就看到太婆一棍呼过去，从此不敢贪酒。也因他的缘故，外公几兄弟没有一个好酒烂醉的。

外公酒量不大，也不贪杯，只是桌上总要有酒盅。小时候看他喝酒，真不明白是好喝还是难喝。一盅下去"咕嘟"一声，龇牙咧嘴，眼睛一眯夹死苍蝇，鼻孔一翕好似薯洞，嘴巴一咧像个放倒的八月瓜，酸甜苦辣，酒里都不缺。

他好请师傅到屋里来做酒。武宁方言把酿酒说成"沤酒"，这个字的发音总让我联想起外公在黑暗里把油布展开盖到大缸上的侧影，一丝不苟地把油布扯得一点褶子都没有，生怕稻谷伤了风似的。

"沤"的字形，是水边三个容器，诗经时代用于沤麻，后来发现还可以沤肥，又因为"沤"的同时气味挥散不去，香气馥郁也可以用这个字，又衍生出"怄气"。凡是什么坚硬不化的物事，药材也好，草兜也好，"沤"一下，总不失为一种方法。

"沤"也是武宁人心目中酿制谷烧最重要的特征。能不能出酒，出多少酒，酒好不好，好似关窍全在"沤"的过程。其他环节譬如浸谷、蒸谷、摊谷、放曲，以及最后蒸汽出酒，过程都是敞亮透明，看得清清楚楚的，唯有稻谷在发酵的过程捂得严严实实，又怕走了气，又担心发了酸，再不老实的人也不敢冒风险时时揭开，去看沤得怎么样了。偏偏酿酒的过程又极长，一二十天的有，三四十天的也有。偏偏发酵的大缸不管放在哪个角落，捂得多严实，酒的香味总能不胫而走，一日日随着细菌的繁殖氤氲出微妙的变化。日里夜里，那个油布缠得紧紧的大缸子吊在喉咙口，梦里都看见自己走去揭开油布舀酒。一天二十四个辰光实在难挨。

做酒的师傅其实心里有数，能不能出酒，二十四个钟头就见分晓，后面的时间是蓄养韵味。对师傅来讲，沤酒的重要性仅次于酒曲。

一个做酒师傅，头一门基础是手脚踏实、心思细腻，挑谷眼细致，蒸谷手勤快，沤酒鼻子灵，出酒舌毒辣。这就是照应工夫，把稻谷当作一个有无限可能性的孩子，一步步扶正教导，好似园丁侍弄兰花一样，飘出香结出果来才是正道。马虎大意、对稻谷不爱惜的人，做不出谷烧酒。

对于东家来说，最期待的是出酒时刻。发酵糖化了的稻谷连汤带水倒进木甑，木甑下方用黄泥巴封好不教走气，安置好酒漏、引酒管、酒瓮，顶上搁上锡锅。锡是一种敏感的金属，导热快、冷却快，液体在锡器表层产生的电泳反应，让人认为锡器能使酒质更为清醇。

土灶中大火熊熊，木甑内孕育一场暴风雨，发酵物中的酒蒸汽如小型的蘑菇云迅猛翻腾，却在清凉锡锅的压顶下凝结成透明的液体，顺着酒槽滴入，缓缓流出。

出了出了。

几多双眼睛像灯泡一样挤在引酒槽的上面，好似等待见证新生命的降世。酒初临人世，含羞带怯，矜持庄重，偏不肯哗的一声流泻出来。它吞吞吐吐，思虑再三，到底还是经不住大火蒸烤，欲望催逼，滴滴紧抱，流成一线。

头令酒是另接的，不与后面的酒混在一起。大名鼎鼎的二锅头只接二道酒，尾酒不取。乡下不管这么多，100斤稻谷接上40多斤酒是平均数，再多就要看师傅叫不叫接。师傅也要看东家吝不吝啬，反正只要出了酒，头令酒不差，师傅的功劳就定了秤，东家不舍得尾酒，另外装起来就行，反正不是自家卖，淡就淡些，和做酒师傅不相干。

关于酿酒师傅也有个笑话。山背荷洲有一个师傅，既做酒又卖酒，某日人家请客他去作陪，东家上来筛酒，他端起碗来一喝，咔道，这是什么酒，寡淡的。东家说，这就是从你那里买的。他说，莫作霍，我再尝一口，嗯，酒是淡了些，味还是正的。

武宁人自家的谷烧酒，怎么爱都不够，好像一个女孩子自觉生得好，总要摘几朵花来戴。武宁人喜欢往谷烧里加料，喜欢果味的加杨梅、猕猴桃、金樱子，必须是野生的，香味浓烈水气少，不容易泡坏。泡药酒的料就多了，人参、茯苓、肉桂，甚至蛇胆、蜈蚣。药店里专门有泡酒的药包，每个人都以有自家独创的方子为傲。

贵客临门，说得投机，也不论早晚，是不是饭点，有没有佐酒的食物，主人兴致一来，拿出盅盏，以科学家做科普的劲头劝酒，客人一杯落肚，激赏不已，主人家红光满面，如逢知己。武宁人对谷烧的认同就是对于自身于人世的投射，愈浓厚愈执着。

在武宁，谷烧至少有3种属性，地缘、亲缘、血缘。

一方水土养一茬稻谷。高山冷水田，清凌凌的甘泉水，寒浸浸的晨昏，端阳插秧中秋割禾，一年只收一季。从一粒种子的鼓胀到一箩沉甸甸的稻谷，春风秋雨光顾，山光云影徘徊，太阳金色的锋芒雕刻着稻谷的芒，银白月光的露水灌满静脉的浆，蛙鸣、闪电、暴晒，100天拔节生长，100天充实茁壮，40度的汗水与镰刀赶来相遇，遭逢快意的失重，一块土地有一块土地的滋味，一粒稻谷有一粒稻谷的芳香。过一条岭隔一条河，都会产生微妙的差异，此谓地缘。

也难说谷烧是什么香型，清香还是浓香。

从当年的稻谷里挑拣最饱满精炼的，风车扇得哗哗响，扬起谷尘，空瘪之物飘落地面，谷花砂砾被精准剔除，只有那些扎实得如武宁汉子的谷子才能入仓，作为谷烧原料的备选。

挑一个吉祥的日子。这个日子从黄历上被圈中，又递话给做酒师傅允准，日日候着。早早洒扫干净厨房庭院，黄泥做好，柴火堆满，等着师傅上门。

一口锡锅一口木甑，做酒师傅的家伙一担，慢悠悠地来了。托大的木甑是做酒师傅的招牌，一尺八，二尺五，多大的灶眼多宽的门，师傅心里有数。

先请师傅看谷。不管对自家的稻谷多么欢喜自豪，做酒师傅不吭声，主人心里总是忐忑的，憋不住要讲说今年的光景如何如何，收了多少担……抓起一把请师傅捻，总要在师傅脸上看出好字来才放心。

谷烧以稻谷酿制，其实高粱也得，小麦也得，玉米也得，红薯也得。年成不好的时候，师傅酿红薯酒都有上千担，喝多了烧心，但总比没的喝强。

一般人不知道的是，稗草籽也可以酿酒。我认识一位做山背谷烧的师傅，喜欢掺些稗子在稻谷里，他说稗子野性足，比稻谷别有一股清气，掺在稻谷里浸泡一夜后，有野生猕猴桃的果香。我抓起一把细细嗅过，确实。

他曾经单用稗子酿过酒，香气不差，出酒少得可怜，滋味也经不起存放。那是没得法了，吃的米都不够，拿什么酿酒，也就是拿稗子解馋。

稗子原本是稻谷的死对头，它模拟稻谷的一切特性，妄图滥竽充数，让农夫防不胜防。稗子的生命力比稻谷顽强得多，它不像稻谷要开花结实，要灌满每一粒谷壳，它只要存活。有它长的地，稻谷就被压制。农夫处心积虑除去稗子，谁知它还有酿酒的好处。

稗子和稻谷一起浸泡一夜，到了凌晨是浮在顶上的。师傅提前一天浸胀了木甑，安置在锅上，第一把就先捞稗子铺在甑底，疏松透气，防止粘锅。再一个，木甑用久了总会变形漏缝，稗子在底下，漏了不可惜。

大的木甑能蒸100斤稻谷，大火猛蒸上汽，火势稳定保证蒸熟蒸透，途中还要翻动耙平，若是粘了锅或者烧焦了，做成的酒也一股糊味，或是烟燥气。

做酒是吃苦的活计，鸡还未啼师傅就起来蒸谷了，帮忙的人也要起来烧火。蒸到稻谷香气撑起了黑瓦蓝檐，充溢厨房厅堂，飘出庭院飘到别家去了，日上两三竿，师傅叫"退柴"，灶膛里开始熄火，稻谷蒸得好似八九斤的新生儿，白花花胀出了谷壳，揭锅那一阵白汽，几曾不把人卷走，香得过路人都忍不住停下来张望，好禾米，肯定酿得好谷烧。

这也是地缘。

酿酒的水讲究，同一个师傅做酒，有些村庄100斤稻谷能出50多斤酒，有些村庄只能出40斤上下，什么道理师傅也说不出个所以然，最后只能归为水好水差。某些地方的谷烧酒味道特别醇厚，当地的人总爱说这是因为有管好水。武宁山水嘉胜，何处无美泉甘井，偏偏做酒的水与别的不同。光口喝甘甜，或者泡茶滋味悠长，这样的水不一定就出酒，出酒的水到底是什么特性，还没人去寻摸清楚。

也是因为水，定下了武宁做谷烧的时间。春酒待端阳，秋酒（也有说冬酒）好过年。春秋两季温度适宜，酒曲的制作、酒的发酵都合适，最重要的是这个时候的水也适合做酒。《齐民要术》里对水的解读很有意思："初冻后，尽年暮，水脉既定，收取则用。"乡下打耙做豆腐也讲究这个时候的水，干净，水中的浮游生物和有机杂质偏少，水质稳定，不易酸酒败酒。

谷是酒中身，水是酒中血，曲是酒中魂。

稻谷蒸熟摊凉，师傅开始碾曲。

一曲，二酿，三照应，是做武宁谷烧的三板斧。排第一的酒曲，武宁人惯来叫"酒饼"，丸子大小，南方小曲的典型形状。每个做酒师傅的看家本领就是自己制曲的配方和手法，不到退出酒江湖的那日，连亲儿子亲徒弟都不完全吐露。

这一丸丸师傅们秘不外传的酒饼，就是武宁谷烧的血缘。

现代人通过科学观察，发现酿酒的原理在于通过酒曲中含有淀粉水解酶的微生物作用，把谷物的大分子淀粉物质转变成小分子单糖或寡糖，然后通过酒化作用再将糖转变为酒。酿酒的整个过程都由看不见的微生物操控平衡，人力不过是辅佐，以精微的经验和那些无法目视之物共同完成。

世界上的酒曲有两种：一种是将谷物发芽时的酶类物质将原料糖化，再由酵母菌把糖分转化成酒。中国人用此种方法做成了麦芽糖。另一种是将谷物发霉的霉菌用来进行转化。中国人对于霉菌的利用可能是世界首屈一指的，不仅是酒曲的制作，霉豆腐、毛豆腐、臭鳜鱼，风味一词与霉菌脱不开关系。

周朝《书经·说命篇》有"若作酒醴，尔惟曲糵"的记载，可知中国人酿酒的历史千年氤氲。说到"醴"，与"澧"互通，武宁的澧溪与湖南的澧水同名，不知是否因水质甘甜而得名。巧的是澧溪梅林有一处山水形胜唤作"黄婆洞"，传说上古时期有一位黄婆隐居山中，捣药炼丹，取水酿酒，又酿泉为酒。旧志记述"泉清甘，饮之醺然欲醉"。令人好奇的是，她酿的是什么酒，用的什么曲，酒的滋味如何，酒给谁喝去了，她为什么在山中酿酒，又为何留名至今……黄婆洞前泉水潺潺，流出澧溪，汇入修江。

不知是否水中还有酒意，唐代时引得八仙之一的纯阳真人吕洞宾逗留于此，炼丹打坐，淬宝剑，卧石床，饮水辄醉，诗兴大发，于石上赤手抓出砚池，写出绝句："问我身从何处去，蓬莱顶上会神仙。"丹崖上字迹斑驳，明代还有人窥见，将梅林玉清宫的"玉清丹崖"列为豫宁八景之一，后真迹脱落，盛名不复，千载之下，唯有酒的故事留存。今日泉水依然醇醋，不知后来可有人前来酿酒。

今日的酒曲种类有5种之多，常见的是大曲小曲。

北方惯用大曲，南方惯用小曲，这是以曲的形状来论。大曲又叫麦曲，以麦类为原料，一般制成砖状；小曲又叫米曲，以谷物为原料，一般搓成丸子大小。北魏时代，《齐民要术》对于唐代以前人们制曲和酿酒的技术进行了搜集总结，上面记载的10种制曲方法绝大部分都是北方的大曲，也就是麦曲，对于南方的小曲制法记录较少。

晋人嵇含则在《南方草木状》中对南方的草曲，即米曲进行了观察，并提到以植物的汁液和枝叶加入曲中，别有风味。这一特点到了明清时期被发扬光大，种类繁多的草药进入曲中，《天工开物》中写："其入诸般君臣与草药，少者数味，多者百味，则各土各法，亦不可殚述。"从个位数到百位数的草药糅杂，当然酿出来的酒滋味各殊。

武宁谷烧就作兴药曲，特别是山背谷烧，尤其看重酒曲中药材的配伍。从十几味到五十多味，或添或减，或主或辅，凝聚着一代一代谷烧师傅一辈子淘漉沤渍的辛勤和投入的算计考量。

蜈蚣、斑蝥、砒霜、巴豆，都是大毒之物，据说都是谷烧酒曲的配料。

某日在乡下吃酒席，席间碰巧有两个做酒的师傅，大家起哄问酒曲的药方。有人借着酒劲，斜着眼睛问："人家都说，酿谷烧不放毒药不灵，真的假的？"两个师傅就笑，也不互相对眼。边上一个人愣是追着问，一个石门楼镇的谷烧师傅就拿起筷子夹肉，慢悠悠地说，砒霜怕不是吧，只听说（说到这里他眼睛眨了一下）有师傅用到一种矿石的粉，叫信石，跟石膏一样白，杀虫治疮的，可能有毒。用料好少的，一指甲盖，他举起手比了比。

砒霜的原料为砒石，有红砒、白砒之分。八成就是了。砒霜既然用了，其他几味不遭反驳的就更真了。桌上谁也不去打破嘴，都端起酒杯叫喝酒喝酒。

良姜、桂枝、麻黄，都是好药材，芎、艾叶、茱萸、苍耳、马鞭草、野菊花，馥郁芬芳。过去乡下有躁郁便结的，寻不到医生，就找个做酒师傅讨一丸酒饼来化水喝了，泻一泻就好了。冬日雪地里久行人冻僵了，热水里坐一壶谷烧，热热地灌下去两口，前胸后背发汗，就缓过来了。

师傅解释巴豆是化糟，麻黄发酵，大热之物激发酒性，大寒之物平衡阴阳，酒曲的关键在于平衡。天地平衡故万物生长，日夜平衡故生息不绝。酒是天地作物，日积月累之华，酒曲点石成金，将谷物中的精粹分离析出，由固体蒸腾成气体，再凝结出液体，千变万化，离不开君臣佐使的配伍之功。

他说得我两眼发直，口半天合不上。转身到了他邻居家，轻飘飘来一句，任他十几味二十几味三十几味药，少了马蓼（liǎo），一样都不成。

数枝红蓼醉清秋。

蓼为万曲之肇，唐代的孙思邈在《备急千金要方》里写，八月三日，取蓼暴燥，水360升，煮至60升去渣，用常法酿酒……性温味淡微辣无毒，用于胃管冷，不能饮食，耳目不聪明，四肢有气，冬卧脚冷。至少在唐代，蓼就用于酿酒，并且有保健功效。

夏末秋初，武宁城乡的湖畔溪旁，稻田垅角，开满红蓼。不分南北地域，长江黄河，蓼花开满中国。

从周朝古老的典籍到《诗经》浪漫的歌谣，从秋意渐凉到离别意浓，古诗古画，开满蓼花。

我想这世上应该没有没见过蓼花的中国人，只是大部分人都不识得。

许多酷嗜谷烧酒的老饕，日夜不离酒坛子，却终生不识红蓼。谁能想得到，酒的辛辣与芳香竟是从秋日水滨的一丛蓼花中来的呢！

蓼攒花成簇，成条，成絮，碎碎点点的红与白，在秋风里瑟瑟，在波光中荡漾，无限秋意就在天地间散漫开来。蓼花与芦花枫叶，是古画的秋景小品里最少不得的风情。

"白苹红蓼西风裹，一色湖光万顷秋。"这诗句正是武宁秋景的写照。"红蓼黄芦水满溪""红蓼丹枫一色秋""芦叶萧萧两岸合，蓼花细细一川红"……

蓼的种类很多，族群超过百种。武宁乡间就有十数种，以叶片大小形状，可分为大叶蓼、小叶蓼、柳叶蓼、长戟叶蓼；以花色分，有紫蓼、赤蓼、白蓼、青蓼；根据生长环境分，有水蓼和旱蓼；此外还有高株和矮株之分、辣蓼和香蓼之别。

比蓼花的诗意更少人知的是，蓼叶是中国传统辣味的来源之一。在辣椒没有传入中国之前，辣蓼入菜辛辣无比，还可去除鱼虾的腥味。唐朝诗人贾岛在诗中说"食鱼味在鲜，食蓼味在辛"，正是那段以蓼为辛味料历史的佐证。不过蓼的辛辣中含有苦味，而且进食过多会胃痛头晕，乡下就有用全株蓼揉碎去药鱼的方法，不宜多用。很多人也知道谷烧喝多了打脑（头痛），就是酒曲里马蓼放多了。

现代科学认为蓼草中含有根霉菌和酵母菌等多种微生物所需的生长素，能促进菌丝繁殖。民间认为蓼草能杀虫，是酒曲制作成功的关键，蓼草越辣效果越好。武宁人唤作"马蓼"的为首选，学名长戟叶蓼，叶片形状如同古代兵器"戟"，辣度惊人。其次是小叶辣蓼、红花辣蓼、水蓼。也有师傅两三种蓼掺杂用的，要看他什么心胸，对草药的性子熟不熟，是否拿捏得住了。

将糯米或粳米磨成米浆（干磨成粉也可），草药晒干磨碎过筛，与米浆掺杂揉成丸子，均匀滚上老曲粉，放置于稻草或者竹篾盘筛上，盖上防尘的干净棉布，放入阴凉的地方进行发酵。发酵温度为35度左右，3天左右发酵完毕，揭开看时，酒曲丸子上布满淡白色的菌丝，这就成了。然后将酒曲丸子晾干即可，此时不可急于求成，放到太阳底下暴晒，日光直射会使酒曲内外受热不均，干裂开来。

好的酒曲丸子紧实凝重，轻嗅有淡淡药香。以前的老药铺里，一屉屉药材一直码到天花板，小铁片揪成抽屉扣，拣药时四方的纸摊开在柜子上，老师傅一手抓秤一手啄药，抽屉一推一拉之间，陈年木质的闷响中，一股淡淡的香气在空气里散作流尘起落。

酿酒时要把酒曲丸子捣碎，过三次筛，好使药粉细碎，易于发酒。100斤稻谷放1斤2两酒曲，上半年做端阳酒可以少放些，但也不能少于8两。手工做的药曲成本高，比现买的酵母高出七八倍的价钱，酿出的酒口感香醇，层次丰富，难以复制。

武宁的谷烧酒里，山背谷烧独成一派。

光看外观，山背谷烧爱红，出酒时用高粱叶杆浸渍，叫"打色"，也是另一种形式的"沤"了。酒里"沤"出高粱红，这种红不是正红色，而是泛着谷物和大地的黄调。像落日熔金，冬日夕阳没入群山前投掷出最浓艳的霞色，又因酒质醇厚，微微凝出琥珀色。像红色的蜜，金色的血，让人想起斩钉截铁的誓言和奋不顾身的承诺。

不是每一缸谷烧都能打出红色。酒精度要高，尾酒就不提了，头令酒势必要点得着火，火焰淡蓝，才是好酒。酒越纯正，颜色越红艳。一碗上好的山背谷烧，先不说入口，光是从坛子里倒进白瓷碗，极致的红与白冲击滚动，就是一种享受。酒好不好，用眼睛就能"尝"出来。清朝李维纲的《塘埠竹枝词》写得飘逸："红丝数缕杯中起，绝胜仙人嚼晚霞。"

山背谷烧的另一特点就是霸道。尤其是新酒，用山背话说，一口入喉，"结棍"。酒烈得像一根棍子杵进喉咙，凝而不发，从舌根到锁骨俱无法转圜，比一般谷烧"喝下去一条巷"的感觉更猛烈些。本来"喝下去一条巷"的形容我就觉得够夸张了。酒从口中吞咽下去，所经之处好似铁锹铲泥一般翻出了一条巷道，只是持久度和结实度还是让步于"结棍"。

某日采风，经朋友介绍认得一位酿山背谷烧的师傅，到他家里做客。翻了他掺稗子的稻谷，捻了他自制的药曲，到他地里掰了高粱茎叶（武宁人种的高粱有一些是别名芦粟的糖高粱，旱地作物，杆子可以当甘蔗啃，清甜有草木香。茎叶中也有糖粉，用来浸酒不只是打色，口感上也有助益），自然也就买了一壶谷烧，10斤左右吧。喜滋滋拎去宴客，主客是一位嗜酒的长辈，人缘好，常年被人请去吃肉喝酒，酒量也大，退休以后能从早上喝起，喝到次日凌晨，外号"不倒翁"。

我一说带了酒来，他就喝了一声好。我一倒出来殷红一碗，他就脱口"山背谷烧"。我说是，他就欲言又止地看我一眼。我忙问怎么了，他挠挠头，说："你不喝酒所以不晓得，一般喝酒的人不喝山背谷烧。"

我奇了，山背谷烧声名远播，难道武宁人的酒桌上不能喝吗？

他说，山背谷烧，又叫"谷烧中的楚霸王"，爱它的人爱得要死，除了山背谷烧其他酒不入口，不爱的人就嫌它嫌得要死，打湿嘴唇都不愿意。"既然今日你拿了来，我就喝。"

介绍我认识酿酒师傅的朋友也在座，他自从去年得病开了刀，就不大喝酒了，当日第一个拿壶倒酒。不倒翁尝了一口，噫，口感柔和，好入口，不是今年的酒吧。朋友说是去年的。

他喉结一动："酒气凝，香味醇，确实是正宗山背谷烧，是药曲发酵。""不过嘛，"他拿起一根筷子蘸了酒，插到炖钵里点着，"看火焰，不是头令酒，当然头令酒人家也不会卖给你，三道酒以后了，45度差不多。"

最后此君喝了一斤，回去的时候还说："要是明日起来打脑（头痛），我就打你，哈哈哈……"

打没打脑不知道，后来倒是听说他托人也买了9斤。

原来武宁的酒江湖，人人对山背谷烧都有见解，其中也少不了成见，那山背人自己怎么看待？

我有一个喜欢写诗喝谷烧的山背朋友，三五日就在朋友圈里醉一场。半夜在群里发诗疯，第二日又出来文质彬彬地告罪。我问谷烧到底好在何处，他回我："火烧火辣入心胸，豪气顿生肺腑中。上天敢揪玉帝帽，下海捉鳖逗英雄。"我回他一个大拇指。

武宁有一句土话，酒壮怂人胆。怂人喝了酒都能斗胆，豪杰喝了酒做出英雄壮举自是顺理成章。

一说起谷烧酒，武宁男人胸膛一乍，挺起来凭空长了三寸。无论贤愚，在谷烧的世界里人人平等。转着圈喝了同一只蓝边碗里的谷烧酒的人，都是兄弟姊妹。这就是谷烧的亲缘。

和谷烧酒比起来，米酒的历史更为悠久，用途也更为广泛。做羹做菜，做汤做茶，甜品饮品，都使得。男人酿谷烧，女人酿米酒，谷烧和米酒，包着壳的和脱去壳的谷物，在时间的温度里发酵出迥异的温度和气质，在武宁人的舌尖上，荡漾着一样醉人的乡情和遐思。

武宁人惯把米酒叫作甜酒，甜酒酿。没有哪家主妇冬天不做酒的，菜市场里每日也短不了卖米酒的摊子，意料之中的，做酒最好的几家都是女人。其中一家用的还是传统的药曲，方子自然是不告人的，我通过一些途径打听到几味。蓼，自不必说，主料之一，半边莲、金银花藤、艾蒿，都是香草一类。记得小时候，家里阁楼的一个小撮箕里，总是放着十来个灰白的酒饼，到了腊月，外婆就蒸糯米酿酒。

从来不曾留意过每年小撮箕里的酒饼是何时用尽又何时补满的，就像外婆围裙兜里的零食总也拿不完。外婆并不会做酒饼，但有货郎担走村串户上门兜售。如今甜酵母粉便宜实惠，做酒饼、卖酒饼的人越来越少了。我找到南门市场一家做了30多年糯米酒的老板娘问，她拿着甜酵母粉给我看，超市里就有卖，做出来的酒好得很，放冰柜里都冻不硬，纯酒。

"从父亲那一辈就做米酒卖了，制酒饼那还是20多年前父亲还在的时候，父亲去世以后就再没做过，我也不会，只记得有几味草药。"她随口说了几样，都是我知道的。我再追问，她就不肯说了。

"记不清了，我也没做过，哎呀现在谁还用酒饼，又不卫生，用酵母粉做出来味道一样的。"

难说味道是否真的一样，那日我为了套话在她那里买了5斤米酒，5块钱一斤，才25块钱，不过光在杂货店买装酒的玻璃罐子就花了20块。不知道买哪样更划算。

武宁的甜米酒是有来头的。仙有之，儒有之，狂有之，义有之。

女仙桃花酒，光听名字就让人欲仙欲醉了。

杨洲境内，武陵岩山脉连绵如屏，素有"百里芙蓉帐"之称。其中有一山峰形如桃瓣，春来山上桃花灿烂，乡人唤作"桃花尖"，据说曾是仙人丁义炼丹之处，又名丁仙岩。

丁义是何许人物，江西万寿宫主神许逊许真君，曾师从神仙吴猛，而吴猛的老师就是丁义。他还有一位"超级粉丝"，叫陶渊明，因对丁某人的事迹颇为倾慕，游吊遗踪，为他写下了"高风肖山巅，义重笔笔镌"及"凛矣犹蔚矣，苍然且昂然"（《题丁仙父子真迹》）的诗句。

神仙志怪小说的鼻祖《搜神记》，称丁义为"至人"，意为道德崇高、完美无瑕的人。虽不知来由为何，不过他在收徒方面可以称得上有教无类，不同流俗。他曾授吴猛方术，有师徒之义，吴猛的女儿，著名的女仙吴彩鸾也是他的弟子。

武宁茶场白鹤坪，得名自丁义的女儿丁秀英化鹤飞升，这一家子都是仙人。相传丁秀英自幼聪慧，丁义与吴猛讲道时，她立于旁听有所悟，又偷看丁义手抄真经，后来拜谌母得道，终身未嫁，于东晋永和二年与吴彩鸾结伴乘鹤飞升，堪称"神仙闺蜜"。

丁秀英一心向道，除了武宁之外，流传的故事并不多。而她的"好闺蜜"吴彩鸾不一样，这是一位有故事的女子。《列仙传》中记载：唐代一个名叫文箫的书生，在西山（南昌）游览，八月十五许逊飞升之日，万寿宫男女云集，联袂踏歌，还有一位容色殊异的美人在路边歌唱。他一眼惊艳，不禁走近仔细聆听，这一听不得了，发现歌中居然有自己的名字。歌云："若能相伴陟仙坛，应得文箫驾彩鸾，自有绣襦并甲帐，琼台不怕雪霜寒。"美人就是吴彩鸾，两个人的名字都嵌入诗中，不知有意还是无意。文箫深感奇异，就一路尾随，不知不觉步入仙宫。他鼓起勇气，拉住美人问这里是什么地方，美人说："天机不可轻泄，我要为你的鲁莽受过了。"

果然，马上有使者出来宣布："吴彩鸾私泄天机，谪为民妻一纪。"一纪，便是12年。吴彩鸾就嫁给了文箫，文箫家贫，吴彩鸾以小楷抄书换钱度日，过得很潇洒。12年之后，两人骑虎飞升，"文箫彩鸾"也成为神仙眷属的代名词。

1930年，英美烟草公司出版烟画《历代传奇》，骑虎女仙吴彩鸾，便是其中一枚。体质芊芊的美女和威猛凶恶的老虎形成反差，让人过目难忘。

正是这一位勇敢追求爱情的女仙书法家，在武宁留下了一个酿酒古方。武宁旧志中记载吴彩鸾善种碧桃、丹桂，取夜露为饮，生啖桃瓣，容颜不老。女仙桃花酒，就此流传开。《千金药方》载："桃花三株，空腹饮用，细腰身。"看来以桃花入酒，不只是奇谈。如今杨洲桃花尖下的桃花岛，也有桃花酒出售，不知有没有得到吴彩鸾女仙的桃花酒古方酿法。

年年桃花历乱春水，红男绿女踏歌不断，吴彩鸾春心偶动，会不会学丁令威化鹤归乡，来桃花下饮一杯桃花酒呢？

再说酒之儒者，状元桂花露。20世纪80年代武宁宴席上必备的喜酒，色呈鲜红，香若桂花，甜而不腻，饮而不醉，故称"桂花露"。至于"状元"之名，有个缘故。

宋代的武宁文风鼎盛，人才辈出，罗溪叶家十进士、横路冷家11个进士、石渡周家8个进士、澧溪樱田李家10个进士都出在宋朝。话说公元1027年，罗溪的叶顾言、严阳的余规、鲁溪的肖本与历史名臣韩琦为同榜进士，韩琦为榜眼，叶顾言为二甲第一。正在唱名之时，五色祥云高照，宋仁宗赵祯大喜，诏赐前10名红袍，传为佳话。后生晚辈黄庭坚也很羡慕，他在赞颂叶顾言的诗里写："见帝谨将三策献，唱名幸有五云星。"

再说叶顾言的好友余规，后来辞官回乡隐居，在石坪西山之麓遍植梧桐、丹桂，尽享山水之乐。余规爱酒，偏偏酒量浅，每饮必醉，醉则卧丹桂树下，乡人称其为"丹桂隐士"。家人怕余规醉酒伤身，专门酿制了低度甜酒，以其极为珍爱的桂花入酒，让余规爱不释手，成为余家的独门佳酿。

有一年，韩琦与范仲淹守关归来南巡视察时，绕道从江州乘舟入彭蠡，溯修江而上，到武宁寻访同榜好友，和叶顾言、余规等人欢宴，直到月上中天还不舍散席。此时，一干人等已微醉，友情难却，余规取出家酿桂花露，邀韩琦同饮。韩琦一尝之下，顿觉口齿留香，连饮三杯，赞不绝口，遂奉劝余规将酿酒之法传世，与民同乐。

在武宁期间，韩琦遍游武宁城郊，在四望亭前写下"凭栏多少无言恨，不在归鸿送夕阳"的诗句。70多年后，另一位名臣李纲也慕名到此，修复四望亭，并更名为"勿剪亭"，留下了"先后凭栏双宰相"的佳话。

为了纪念这段友情佳话，余规的后人将桂花露配方公之于众。

之后武宁的酒肆争相售卖桂花露，为了取个好兆头，也为了对韩琦表示尊敬，众人将酒的名字改为"状元桂花露"，一直流传到今，只是现代人的酒席上，难觅踪影了。

许逊斩蛟修江，武宁弟子甘战助他练剑，宝剑出炉之日，插地涌泉，泉水甘甜，酿酒有异香，蛟龙闻之筋酥骨软；白玉蟾抱琴携剑道经武宁，沉醉山水风月，酣醉武宁美酒，挥毫泼墨，写下千古美文《涌翠亭记》；历任民国元勋李烈钧、冯玉祥秘书的才子杨赫坤，满腔才情注笔墨，随手以捣烂根须的药材，蘸墨运笔，写下"长寿之府"，头角峥嵘，锋刃欲破纸而出，传为佳话；山背人闯荡南昌，为争口气，舍命穿烧红的铁靴跑码头，临行前仰头饮一壶殷红的山背谷烧，胆壮气豪……

在武宁的沃野，酒在风里吟唱。一则岁月的叙事诗从一颗种子里生长，100天缄默不言，100天哗哗作响。蜕变，裂茧，水自地心而来，火有星云的气味，时间之蜜破空而至。入口，遭逢一场夏日暴风雨，感官的雷电自舌尖直劈入喉，水汽急剧蒸腾，在嫩红的上颚翻滚，山洪暗涌，潮如一枚口衔之箭，酒化作大雨，落在光阴锻造的躯体里，四处开花。花的根系通往神秘之所，那是陶渊明李白等饮者曾抵达之处。

武宁的酒，正在等待现代"陶渊明""李白"们的邂逅与钟情。

茶

修武自古是一家，价甲天下有奇葩。

红花绿菊争斗艳，茶中极品盖中华。

——黎隆武

武宁自古为宁红茶的重要产区，唐代就有嗜茶的风俗，宋代就有"绿丛遍山野，户户有茶香"的记载，《归田录》中写"武宁严阳茶与双井茶相并，为草茶"，明代玉清宫有品茶歌，旧志载，龙须象牙田茶为进上御品。除宁红茶外，武宁人还有独特的茶俗，如就地炉烹茶，嚼茶，以芎、莳萝、香薷、土茴香、花椒等香草入茶，以菊花为茶等。掇饮一杯风物，山水氤氲入喉。

茶是人间至味。

武宁山歌唱茶："茶是林中树木桠，山珍海味不如它。"武宁人爱茶，喝茶不叫喝茶叫"吃茶"，茶与食物是一般重的。

吃茶，讲究的是有嚼头。

"嚼"这个字，在武宁的语言体系里含义深远，凡是和嘴有关的人事物，不论吃茶吃饭，还是说话说理，都要有"嚼头"，有品位，否则就是不入流的，没意思，无聊。

"嚼头"可是老祖宗传下来的。"（武宁）俗喜嚼茶叶，啜其精液，又食其渣滓，然雪爪、玉钩，味实甘永，嚼之齿舌间有余韵，虽文士不厌也。"雅俗同癖。只能怪武宁人太爱茶，爱到茶水喝尽，茶底也嚼着吃尽。

我觉得吃茶的嚼头，至少有三层意思：一是茶要有嚼头，滋味浓淡，茶脚（底）丰俭，有说法。二是佐茶的东道要有嚼头，清粥不可，油汤也不可，有搭配。三是吃茶的氛围要有嚼头。

先从茶本身说起。吃茶在武宁有两大类：一类是纯茶，也是大众意义上的茶，除了茶叶再不添别的。第二种除了茶叶，加的东西可多了，生的熟的香的臭的苦的辣的咸的甜的……不一而足，一应都有，姑且称为"风俗茶"。

作为传统名茶宁红茶的主产区之一，武宁的红茶，特别是高山野生茶是值得大书特书一番的。武宁的绿茶，古称"草茶"，在宋代与黄庭坚"代言"的双井茶并称第一，来头也不小。知道各位看客好奇武宁的风俗茶，且把这些都暂押后。

"看官君子莫说欺，茶碗里头有古人。芎香开窍是屈夫子，菊花朵朵是陶渊明……"

一首山歌，道出了武宁风俗茶邈远古奥的来历。

商周封侯，吴楚之交的武宁，如今固然已难觅千年前的故城痕迹，人们的饮食之间却有意无意地保留了历史的遗风。

菊、芎、申椒、莳萝、石香薷（武宁人唤作藿草）、吴茱萸，这些名字光是默念一遍，都觉满目芳菲，口齿生香。而我列举的这些带有浓郁芳香的植物，都是武宁人的杯中物。

屈原一概谓之以"香草"。

香草的存在比人类文明久远，可以说，世界文明的源头充斥着香草的芬芳。古埃及人全身涂满芳香物的油脂去朝圣，古印度人以香草祭祀、沐浴，甚至为食，古代欧洲为争夺香料不惜发动战争。

中国文明的源头也香气氤氲。早在五千多年前的炎黄时期，大巫们焚烧芳香植物以敬神卜卦、清洁空气、调理身体，武宁还保存了正月十五晚烧白蜡树枝、正月十六烧柏树枝的传统，端午过后挂在门上的艾蒿干了，点着了熏堂前屋后，驱虫祛秽。

至少在《诗经》记录的年代，君子淑女们佩戴兰与芍药等芳草已经成为时尚，并互赠以为信物，如《郑风·溱洧》里互赠芍药"伊其相谑，赠之以芍药"。《卫风·木瓜》里赠送木瓜"投我以木瓜，报之以琼琚。匪报也，永以为好也"。《神农本草经》里明确将香草入药。人们何时开始以香草为日常饮品，无考，不知是不是屈原的滥觞——"朝饮木兰之坠露兮，夕餐秋菊之落英"。屈原究竟是真的饮玉兰露水、咀嚼菊花落瓣，还是一种文学修辞，不必深究，与武宁一样同属于赣北九江的陶渊明用菊花来泡酒，可能也是受楚风熏染。他的一句"采菊东篱下，悠然见南山"，赋予了菊花高洁超逸的文化意蕴，永久流传。至于泡酒与泡茶之间是否有壁垒，不管，反正武宁人喝着《楚辞》里的香草，嚼着陶渊明诗里的菊花，滋味甚美。

曾有人发出疑问，究竟陶渊明用来泡酒的菊花是什么品种，白菊、黄菊还是紫菊？其实，菊花作为观赏植物是从唐宋开始的，在各大花展上争奇斗艳的菊花离陶渊明生活的东晋时期，隔了数百年之遥。

关于菊花较早的记录是《礼记·月令篇》，"季秋之月，鞠有黄华"，黄色菊花应该是野生品种，没有经过栽培。这种野生黄菊花作为秋之花令，仍然在山野开放。武宁人喜欢采来晒干泡茶，苦津津的，去火清凉的功效立竿见影。这些野性未驯的菊花自古到今的形容未曾更改，未必是陶渊明种植在篱笆边的那些。你看陶渊明的菊花诗，"今生几丛菊，花色又新变。披甲老铸金，西风任酣战"，这里面透露出来两个意思：一是诗人在正儿八经地种植栽培菊花，还小有成果，花色有新的变化，他很满意；二是新栽培的菊花为金黄色，与以往的菊花颜色不同。那以往的菊花是什么颜色？应该也属于黄色系，不然别的色系里头培育出了黄菊，纵然是现代科技穿越也做不到。

优良的东西能越过时间的藩篱代代相传。陶渊明时代的菊花品种离可药食的原种菊花不远，又不曾发展到观赏性十足，可泡酒，黄色系，这样的好物能像野生黄菊一般遗留至今。比如修河一带的乡人们依然和陶渊明一样，在篱笆边种植茶菊。

武宁人世世代代种植茶菊，茶菊究竟属于菊花品种里哪一类，巧得很，县志上说茶菊正是以野山菊移栽培植而成。蕊淡黄，色泛白，单瓣，花朵比之野生黄菊自然是大了几倍，秋风摇曳，浅淡至极，有一二动人之姿；和杭白菊比，又只能算单薄。土壤肥沃，颜色就浓郁些，若是贫瘠的地方，也能倔强地开出来指甲盖大的花朵。因为只是种来泡茶，便唤它茶菊，香气馥郁，味甘恬淡，不似野菊花苦涩。在乡村里头，不论是石头砌的、土筑的还是竹子编的篱笆，或是菜畦角落，秋日里若没有几丛茶菊招摇，那他家的茶水是不受人歆羡的。

一般菊花入药或泡茶，都是干燥的法子，武宁人不是这样。茶菊最兜人疼的是香味，如同屈原、陶渊明诗中所写，菊花生于三秋之季，寒霜朝露相伴，保持水分对于菊花的香气大有裨益，干燥法不能穷尽其妙。

茶菊盛开之后，采下来晾干水汽，捻去苦涩味重的花蒂，打散花瓣，撒以盐，放入瓶中封存，十数日就可用，名为"盐菊花"。很多人误以为是"腌菊花"，虽然腌渍与盐渍都是以食盐拌之，但是腌渍的要义是腌出水分，湿淋淋的才入味，盐渍是要保持干燥，把水分封存在菊花中。若哪家的盐菊花湿淋淋了，定是坏了味，有腐烂之气，是吃不得的。盐菊花也有佐以橘子皮、熟黄豆的，增香提味。

年年霜降前后，阳光好的时节，大街小巷，村头院里，三五成群的女人摘得几背篓的菊花，倒在圆圆的盘箕里堆得高高的，围坐捻花，闲话农事。掇英扪霜雪，清露碎琼脂，菊花的香气把整个秋日都腌渍入味了。

盐渍好的菊花茶放在阴凉处，能贮存至来年菊开之时，现在有了冰箱，放上一两年也不坏，不过香气还是日渐损益的。菊花茶炮制起来颇费时，冲泡却是最简单的。泡茶时取小撮在碗中，滚水冲开，水雾氤氲中花香四溢，菊花瓣瓣舒展，脉络分明，漂于杯面，水噗噗的饱满可爱，茶汤微黄似旧时月色，啜一口鲜爽清逸，些微的咸味刺激味蕾，嚼蕊咀华，胸襟怀抱顿开。

过年节的时候以菊花茶奉客，还要撒上一圈熟芝麻，香气亲切，更显恭敬。在石门楼镇，当地有出产的好姜，撕几瓣盐姜，茶底里搁些熟花生米、炒黄豆或黑豆、少许炒米，两个指头珍重地捏几根乌黑茁壮的自家做的茶叶，滚水冲得茶脚打筋斗般翻腾，趁热端上来酽酽的一杯。老人最不怕烫嘴，嘴噘得圆圆的轻嗦一口，池塘浮萍般的芝麻就嗦出一片黄亮的水面来了。一边嚼着芝麻一边热络地闲话起来。眼看着花生米沉底了，炒米沉底了，姜也沉底了，芝麻都沉底了，最后连细细的菊花瓣也吸足茶汤，荡悠悠地沉下去了，茶叶和姜的味道慢慢重起来，盖过了菊花的香气，堪堪掩住了茶。儿时的我最爱吃泡足了的茶脚，趁着大人聊得兴起，端着碗到门口，盖着碗口，把水泌了，只留一小口，晃起豆子花生炒米来吃，嚼得香甜。花生米和炒黄豆泡得微微发胀，衣衫鼓皱，肉质浑厚，黄豆的密度比花生米高，香味就更浓些。盐姜多半晒老了，纤维十足，是最耐嚼的，却没什么人会认真嚼它，多半混在豆子里咽了，只图它香辛。

吃最后一口茶是有讲究的，会吃茶的人一口茶水入口，碗里光光溜溜，一点儿茶脚没有，聊天的局里也只剩主人最后一句客套话还在喉咙里没出来，嚼完下肚一抹嘴，客套话落地，正好站起来接住主人请托的手势，一点儿局促含糊都不落。等女主人撤了茶盅清洗，盖一掀先赞一声好。

吃茶难看的手口并用，伸了几个手指头去扒碗壁粘着的芝麻米泡，刨食一样拨到嘴里，唏哩呼噜，下唇嘬得老高送出去接，耸肩抻颈，王八吃豆一般。

我记得小时候见过一条银链子，是系在马褂上的，链子上有几件打磨细致的用具，一头磨得尖尖的剔牙棒子，耳朵耙，小剪子，还有一个小小的浅底勺子，椭圆，浅得跟铲子一样，拇指的指甲盖宽，勺底刻了一朵花样，大概是菊花，花瓣细长。据说是吃茶用的，真亏人想得出来。

有嘼冇（mǎo）嘼，不只是家资厚薄或者待客殷勤与否，还是心意。尤其是泡茶给有心人，茶淡了是伤心的事。春水泡茶绿茵茵，娇莲筛茶两样心，别人碗内有茶脚，我今碗里照见人，必定娇莲有别人。

泡茶要注意水温，水滚即冲，温度低了菊花冲泡不开，焉头耷脑的宁可泼了也不能奉客。菊花茶冬日作热饮，但最好的滋味还是夏天。用细口大肚瓦黑的老陶罐子泡上一大罐，搁在阴凉处放凉，或者打一桶清冽的井水湃着，伏天里顶着热辣辣的日头进门，找到茶罐揭开圆木盖，操起竹节刨的茶筒打上一碗，端起来痛饮一气，菊香清入骨，满室生凉。

盐菊花是武宁风俗茶的底味，除了甜口的玉芦茶、薯砣茶、枣饼茶以外，其他茶都可以搭配菊花茶。许多人喝不惯盐菊花茶，怎么是咸的？别嫌茶是咸的，唐代的风俗而已。

伏天里正当时的是芎茶。川芎是一味名贵中药，四川为产区，故而得名。武宁产的芎叫武芎，个头比川芎小，药性略逊，然而香气却比川芎来得浓郁，且柔和不做药气，讨人喜欢，有别于川芎。当然武芎这个名字是外地买芎的客人叫的，武宁人自己叫它茶芎，一般不入药，只用来饮茶。

茶芎以幕阜山支脉的北屏山出产的品质最好，又名"北芎"。北屏山上的人世代种芎，红薯传入后将芎和红薯套种。惊蛰前种下，清明后长出羽毛般对生的碧青叶子，掐断嫩苗，指头上就沾染了淡淡的香气，樟脑一般醒神，武宁话说"打脑"，这就是《楚辞》里的香草江蓠，又名蘼芜。

汉乐府有《上山采蘼芜》一诗，"上山采蘼芜，下山逢故夫。长跪问故夫，新人复何如？……将缣来比素，新人不如故。"这首有名的诗讲的是一名弃妇与前夫狭路相逢对答，弥漫着淡淡的惆怅。诗中丈夫娶的新人外貌和活计都不如故人，那为何故人会被弃？有学者推测答案就在于"蘼芜"——芎。医书有载，芎不仅治头痛，还治妇人经闭无子，故人被弃可能是因为无子。《红楼梦》里"艳冠群芳"的薛宝钗外号"蘅芜君"，蘅指香草蘅芷，芜就是蘼芜，赞美薛宝钗为香草的同时，也暗伏下她无子的结局。

作为香草，芎的嫩苗被古人随身佩戴，屈原自不必说，他的诗文里时有提及，归入香草之列，以喻君子。《楚辞·七谏·怨思》"江离弃于穷巷兮，蒺藜漫乎东厢"，是以江离来譬喻自身。在屈原的诗歌里，香草与美德同名，他佩戴香草如佩戴誓言，馨香的名字发散为一种气味，饮下医痛，也能医俗。

还有一个名人也喜欢蘼芜，那就是魏武帝曹操。《太平御览》引用《广志》记载："蘼芜，一名微芜。魏武帝以之藏衣中。"曹操佩戴芎的茎叶蘼芜是很好理解的，他患有头痛病，甚至还一气之下杀死了华佗。他对芎的喜爱情有可原，有意思的是这个"藏"。之所以"藏"，是曹操执政杜绝奢靡，禁止熏香，下过严苛的禁香令，"吾不烧香，恨不遂初禁，令复禁不得烧香。其所藏衣，香著身亦不得"。曹公不准别人佩香，自己佩戴蘼芜虽是为了治病，怕人言语也只好"藏"着了。想到其躲躲藏藏的行径，这位伟岸帝王的形象倒可爱起来，不由一哂。

小暑一过，就是挖芎的时节了。伏天日头大，正好趁机晒干。一锄头一锄头把芎从地里挖出来，用畚箕担到屋里，一坨坨掰扯，嫩的存到薯窖里做种，老的根结除去茎叶泥土，用晒薯的竹扎铺开晒干就可以卖了。芎的根节有水波般的纹路，类似猴脑雀脑，古人最善于发散性思维，吃什么补什么。《本草纲目》云："人头穹窿穷高，天之象也，此药上行，专治头脑诸疾，故有芎之名。"芎的香气醒神开窍，可治偏头痛，古人越发相信利于头脑了。

新鲜的芎水汽未尽，捏在手里还有点儿软，干了以后坚硬得很，刀切不进。干燥过后的芎气味香醇，不易坏。

在北屏山，家家户户门前都铺开了薯扎，芎的香气在日头下越来越清越。我以前只知道芎可以泡茶，在北屏山吃到了用新鲜的芎炖的鸡汤，黄精炖的肉汤，才知道药膳的甘甜和芬芳。北屏山的人说拿芎炖蛋，治感冒头痛是最好了。

也不知是什么缘故，别处种芎光蕾苗，根茎不起结，种了收成也不好。唯有北屏山种芎茎叶矮，根结粗壮，芳香疗愈。幕阜山是吴楚界山，楚人素来是喜欢芎的，北屏山种植的芎至今还是卖往湖北湖南的多，那边的价比江西高。民国年间，三担芎卖出去，可以盖一间屋起来。

年幼时我曾给偏头痛的外公泡芎茶，却绝不肯承认那是香，冲鼻子，开水一泡，白汽蒸腾，满屋子都充满了那种浓郁的气味。凑到杯子上面轻嗅，一股凝聚得板扎的味道顺着鼻子眼直顶到脑门，跟拿棍子通了一下一样，烈，但不伤人，味道散了以后是凉咝咝的，觉得屋顶也高了一些，门框也远了些，空气也静了些，外婆笑我人都呆了，小人儿吃不得芎茶，也莫闻。

泡芎茶搁点盐菊花，茶汤有味好入口。放茶叶也是使得的，清乾隆时的《武宁县志》记载："茗之性寒，芎之性散，皆有明文。土人二物并用，老者寿考康宁，少者强壮自若，未尝见有毫发之损。"今人饮芎茶，两百年前就有"长寿"的广告了。不过芎茶不可多饮，毕竟有药性。

芎茶还可与姜同饮，县志虽没有记，山歌里头却有："沏茶汤，沏茶放在火炉旁。多放芎，少放姜，郎喝三口果然香。"不知山歌何人作，这股体贴的情意如芎茶一般还未入口已酥倒。

与芎同长于北屏山，同时收获的还有芸香科植物吴茱萸，当地人唤作"辣米"。唐代医药学家陈藏器曰："茱萸南北总有，入药以吴地者为好，所以有吴之名也。"房排红结小，香透夹衣轻，吴茱萸在果实尚青时采摘，其籽形状如米，入口辛香麻辣，比花椒藤椒凶猛得多，无法入菜，泡水喝，用来治小儿痢疾水泻是最见功的。据说吴茱萸原生于吴国，被进贡至楚国，却因为形貌不佳被楚王怪罪。后来楚王依靠它治好了胃痛，又重新嘉奖吴国。这个两千多年的"真香"案例，和吴头楚尾的武宁文化倒是吻合。

说到夏日茶饮，藿草茶是最受武宁人欢迎的。县城豫宁大道有一家炒粉店，日日早起煮一大锅藿草茶，旁边筒子里放米泡（炒米），来吃炒粉的人自取藿草茶泡炒米，20多年如此，成了一大特色。菜市场的巷子口，天气还没热起来就见有店铺门口摆了一扎一扎红丝线捆得规头尾序的藿草售卖。

横路乡的人对小时候相约拔藿草卖的记忆要比别的地方多。横路有香薷山，山上盛产藿草。为什么是香薷山？是因为藿草本名石香薷，中暑发热、感冒呕吐、消化不良等暑气病都能解，《红楼梦》里娇滴滴的林黛玉中了暑，喝的就是藿草煎的香薷饮。

六月天，藿草开出了一片细密的紫花，温度升高的空气里也渐渐弥漫着藿草的香气，收药的告示也在村头贴出来，小伙伴们呼朋引伴地照应着，背着篓子上山拔藿草，以叶片肥厚、香气浓郁、色绿质嫩、花穗多者为上品。拔来晒干，丝线捆成小札，大半卖了，留一些自家泡茶。惯例，捏一小撮盐菊花，风味甚佳。

莳萝、申椒（花椒）茶，也都是夏季风物。武宁山高林密，溪港纵横，水汽湿重，更哪堪暑气溽蒸，只好托庇香草，通神窍，舒经络，涵身养气。

莳萝的"莳"，武宁人舌头发直叫作"ci"，音色像极呲的一声剪裁绫罗。乡下称它土茴香，原产欧洲，果实里含有大量香芹酮，挥发性好，可以祛风。莳萝入茶，佐以盐菊花，入口咸香，回味甘醇，多见于九岭山下杨洲一带的人饮用。

花椒茶，则在幕阜山下船滩东林片区为风俗。花椒又称申椒、大椒，花、叶、果实都有香气，古代皇后居住的宫殿名为"椒房"，因花椒温暖多子，古人寄以美好的祝愿。由此衍射，花椒还担当了爱情大使的重责。《诗经·陈风·东门之枌》里记录情人幽会，互赠信物，女方送给情郎的就是一捧花椒："视尔如荍，贻我握椒。"这就是羞涩又"热辣"的"相许终身"誓言，我要给你生下子子孙孙的意思了。武宁人喝花椒茶有没有情感因素不得而知，而一首山歌里情人们借着花椒的特性说尽了情话："花椒林，手扳椒桠说私情。郎说椒皮红了脸，姐说椒籽黑了心，泡做一杯辣煞人。"

一小把花椒加盐菊花，泡上一大缸，花椒挥发的油健脾益气，适用于脾胃虚寒的人暑天饮用。花椒独特的芳香还能杀虫消炎，祛湿寒，小孩肚子有蛔虫、女人痛经都有好处。

武宁人口味庞杂，香草泡茶，"臭草"也泡茶。武宁人叫作"臭草"的是鱼腥草，四川人以鱼腥草嫩根茎入菜，武宁人是敬谢不敏的。照例晒干，那种湿漉漉的水腥气就去除大半了，佐以盐菊花泡茶，草药清凉，味道刚刚好。药草泡茶也不独鱼腥草、益母草、车前草、马齿苋都可如法炮制。

县志里还记载有藻心茶，情人幽会时共饮，倒真可以称作"情茶"："生于荒池野泽，取其房中心，状如莲蕊，须长寸许，微炒注细茶中饮嚼，味极甘永，妇女呼曰藻禾心，益以盐、麻，为燕好之会。"应该是野外常见的菌麻，花如风铃，果如磨盘，未熟时为青绿色，与莲蓬形似，中有芝麻样的白籽，嚼着甘甜中微苦，成熟后发黑，有清热利湿的功效，别名金盘银盏，茎秆的皮可制衣裳。

这些香草茶大多为解渴或芳香理疗，种植采收各依天时，一杯香草茶饮，是先民们接收大自然季节更替的信号、调理身心以应对天地变化的智慧。

上述这些茶饮都是三伏天的消暑法宝，冷饮比热饮更具风味。到了三九严寒，武宁人自是要暖烘烘的从手暖到肚的茶饮。冬日漫长，堂前灶下围炉而坐，以甜口的玉芦茶、薯砣茶，以及咸甜具可的米泡茶为上——都是有嚼头又耐得寂寥的伙食。

说到热饮，要先讲讲武宁烹茶的炉子。离了武宁山里人家独特的地炉，这些有嚼头的茶都欠风味。

地炉，别名火炉头、火笼角，一般设在厨房的西北角，和做饭的柴灶隔开距离。在选定的墙角地面挖出弧形浅坑，用砖、石或黄泥沿墙垒砌，傍墙而上，顶上作烟囱，地面留出灶眼，厚厚的硬木板隔出壁橱，或者用几根硬木隔出围栅，里面堆放木柴、熏烤腊肉腊鱼。最要紧的关节是灶门前悬挂的铁炉罐，用悬杆吊住，穿过一根雕成木鱼形状的卡尺，穿进固定在桁条上的竹筒里。以木鱼的鱼眼为着力点，竹棍可以上下自由伸缩，根据火的大小调节高度。

乡间有个谜语"一个绣花小姐，嫁了个翘嘴老公，叫他上就上，叫他下就下"，指的就是地炉前的悬杆，绣花小姐指木鱼，翘嘴老公用来形容铁钩。憨憨的男人娶了漂亮老婆，自然叫他干什么就干什么，好似悬杆一样调节方便。

冬日的地炉不熄火，炉罐里随时"坐"着一罐水，日常茶籽壳、谷壳是主燃料，不见明火只见烟，熏得腊肉滋香，熏得厨房暖烘、墙面黧（lí）黑。到了晚上，各人手中事了，围坐在地炉边烹茶闲话，是一日之中最温馨的时刻。玉芦茶、薯砣茶等主妇的法宝，正适合此时登场。

楚歌处处吹杨柳，打鼓高陵种玉芦。武宁人管玉米叫玉芦，或者苞谷。玉米可储存过冬，山中红薯也是能耐久的口粮，等围炉而坐的人越来越多了，主妇换一罐新水，从地炉上抽几根崩干的柴火，烧起大火，水一滚，看着时间抓几把玉芦籽、花生米、晒得半干的红薯坨坨丢在炉罐里，小孩子的眼睛就黏在炉罐上了。听着干柴烧得哔剥响，火星一蓬一蓬舔炉罐底，好像听见悬杆上的鱼吐着泡泡越来越近，近了又好似屋背上滚雷一样闷响，炉罐里自有一个密闭的宇宙，酝酿美味的星云，一个手工打造的杉木盖封印住了令人眩晕的香味——终究还是盖不住，玉芦的香、红薯的香、花生的香层次清晰地溜了出来，在馋虫们的鼻腔里钩着，然后混沌成唾液咽下。主妇走来一人手里塞一个碗，抄起葫芦勺，揭开木盖，蘑菇云般的水雾腾空而起，把她的头脸都遮住。她手稳如秤，搅弄着茶汤，让沉底的都动摇起来，一勺一勺匀在了碗里。等人人碗里都满了，她又从掖在腰里的围裙里掐一手掌米泡（炒米），洒在茶汤上。

呲溜呲溜，此起彼伏，红薯坨坨的甜糯、花生的糜昵、玉芦的清甘、炒米的香脆，在唇舌口齿间缠绵。

这是顶配玉芦茶，乡间戏称为"游龙戏珠"，年三十晚上守夜或者来了远客才这么隆重。冬日玉芦难得，明明好几位主料，偏偏用玉芦冠名，便是以稀为贵的缘故。平时只有一味玉芦也可得，没有玉芦只有红薯，那就是薯砣茶了。若玉芦红薯花生俱不得，煮罐清水泡炒米，自然就是米泡茶。撒点盐菊花是咸茶，撒点白糖是甜茶。老人家懒得开火，把炒米倒在炉罐里煮一刻，比粥还爽口。

可能有人要说了，这些明明是汤是羹，如何是茶？武宁人不管这些，不沾油荤、不饱肚肠、不上桌，只是磨牙的物事，聊天的时候添点嚼头罢了，清清爽爽，如何算不得茶。要正经把这些当作汤羹上桌奉客，那才叫"赤人家"（羞得全身通红）哩。

再说了，外乡人眼里的茶，武宁不仅有，而且有名茶。

武宁严阳茶，被《茶谱》评为"草茶第一"；象牙田长凹、竹凹、铁釜出产的茶叶在宋代为进上贡茶；明代以后红茶面世，武宁出产的宁红茶扬名海外，被誉为"茶盖中华，价甲天下"；2021年，武宁的高山野生茶以第一名的成绩获得了有"茶届奥斯卡"之称的"华茗杯"特别金奖，武宁县获得了"江西省野生茶之乡"的名片……

这里的人们生来与茶为伍。

有人住的地方就有茶树。随便一个山头，都有茶的影踪。若曾古早有人群居住，不论屋舍田坎倒塌多少，屋前山后的茶树总是还在的。葱葱郁郁，与兰竹同调，无人造访，也没有人会意，一片叶脉里藏着宁远甘香的人间至味。

从南纬19度到北纬30度之间，山水合宜之地必有茶树生长。对于茶树来说，名山大川不一定是理想国，反倒是那些蜿蜒数百里不绝的生态圈完整的山脉，河流发育成熟的温润的河谷，更得茶树的青睐。

在武宁，茶树随风而走，茶籽被鸟衔落，落地生根。横亘湘鄂赣三省的幕阜山脉，160公里长的体量孕育出庐山、九宫山、老崖尖、黄龙山等名山，幕阜山腹地至为丰饶处的武宁县坐拥最高峰老崖尖（1656米），九宫山（1543米）、太阳山（1386米）、太平山（1320米）等奇峰迭出，数百条羽状溪流汇入江西五大水系之一的修河，自西而冬注入鄱阳湖。河对岸的九岭山脉则以"赣北第一峰"海拔1794米的九岭尖傲视群山，神雾山（1704米）、武陵岩（1547米）、严阳山（1541米）等诸峰罗列如屏，史称"芙蓉嶂"。

天生有茶长，天生是好茶。褶皱山块的葱郁山林与大河的氤氲水汽在这里会合，催生了漫山遍野的茶树群落。这里每一座山的茶都有自己的味道。幕阜山从老鸦尖往东，太阳山野茶有幽兰香，九宫山茶为春兰香，太平山茶可嗅见樱花香，伊山茶更奇特，是玫瑰香，东林花香埂茶有花蜜香。九岭山脉的严阳山茶有蕙兰香，九岭尖茶带药香，观音崖前罗汉茶带木香，神雾山茶有竹香。茶与花伴生，自然香入骨。

没有文字详切记录此乡此土何时与茶结缘。

至少在唐代，武宁老祖宗就酷爱吃茶了。"李唐而后，江南人皆嗜茶，而武宁独甚。"（清·乾隆《武宁县志》）时间不算得早，也不算得晚。如果比其他地方更甚，则可想而知，养成这样的习俗时间更长。验证历史还有另一种佐证，即文化艺术。武宁的采茶戏是铁证。

1000多年来，武宁人在种茶、锄茶、摘茶、拣茶、制茶、卖茶、吃茶等茶事劳作与交际中形成了"茶"的文化，茶歌、茶调、茶鼓灯、散曲，渐渐衍变出专门到茶行卖唱的"唱生"、被称为南方"二人转"的小二戏、走村串户表演的板凳戏、有了专业戏班雏形的呼拢班，最终形成了有"九板十八腔"之称的武宁茶戏，被誉为江西省四大地方采茶戏之一。

李唐而后，公元800年，因地形广阔管理不便，武宁西八乡分析而成分宁县（即现在的修水县），铜鼓县、靖安县、永修县也先后分得沃土而去。这些地方，广义上都可算是宁红茶的产地，严格一些，则以武宁、修水、铜鼓为产区。修水丘陵连绵好种茶，茶园面积大，产茶量最多。武宁为幕阜、九岭两条山脉与修河的腹地，山高林密，遍山连野皆茶，人工栽培茶园不及邻县修水面积大，然而好茶自在高山，质胜于量。

故云："至于茶，则僻村深谷，往往专制蓄之法，割牛臆，泛素瓷，甘泉清溪，随地可得，虽屠苏茅茨，其精好不异士大夫家。"牛臆就是牛的胸部，饱满少褶皱，陆羽《茶经》里以像"牛臆"者为上品茶叶第二等。武宁的偏僻山村间，住户虽多为农夫农妇，住茅棚草屋，却家家有独特的制茶手法，就地取甘泉烹煮，滋味不亚于士大夫家。这把武宁说得像茶叶届的扫地僧了。

因为家有好茶，武宁人吃茶是有点儿矫情的。一是要好水，河水井水是不可泡茶的。武宁的山间，"甘泉清溪，随地可得"，汲水烹茶，妙趣天成。"呼童汲引石船流，文火细烹坐清晓"（《玉清宫品茶歌》）或"茶入数十叶于精瓷碗，倾以清溪熟水，叶新解全液出，饮之味清远厚郁，移时则失其妙"。山泉离住处远了，就以竹笕引接入屋。两年生的毛竹砍下剖为两半，打通关节，头尾相衔，接口用杉树皮或棕榈皮固定。视地形高低，以杉树架成"人"字形脚架，短则十几米，长则十数里，于山间高低错落，清泉活活，自带竹香。

若是泉水特别甘洌，痴客为之筑井盖楼也不惜花费。明代的寒泉楼，就是典范。因"泉甘洌独异"，明代有一位孝廉盖楼覆之，以辘轳引泉而上，烹茶饷客。才子余长祚《寒泉楼》诗云"楼下灵泉清且深，蕙榜薐井昼阴阴"，看来筑楼泉井上，还有纳凉的作用；"汲来乍挽银河转"，妙啊，汲水倒出，泉水雪亮，如银河宛转，境界高远，饮甘泉水岂不是如置身银河上了；"亭处翻疑壁月沉"，上一句形容水泻，是动态，这一句写静态：玉璧一般的月亮沉入泉井，可想而知水的泠泠之色。古人用这样的甘泉烹茶，加之又在高楼，四面清风，谈笑入云，吃茶吃得这般风雅，令后人歆羡。

武宁人吃茶的矫情之二是烹，火候。前文提到武宁山里人家家有地炉，除了玉芦红薯等风俗茶，正经烹茶更是地炉为得力。地炉最好的是且烹且饮，火盛火衰、水生水熟、烧火用的燃料，都有讲究，喝的就是新泉、滚水、活茶。

来读一下《武宁县志》里的描述："宁人嗜茶，就地炉且烹且饮。其制：取六七尺竹，屈其颠而洞其中，颠悬桁上，末注炉间，中斜系木。燕尾长尺许，凿孔以钩挺，上穿竹而下垂钩，可悬铁镬，伸缩上下，视火盛衰，水之生熟为度。镬有耳，耳受高环，环挂于钩上，沸则撤镬之盖。环必高者，便于盖也。凡嫁女用镬；以备房中用也。房中有炉有镬，武宁乡市皆然。"

嫁女儿若没有一个地炉用的铁炉罐，是完不了事的，可知武宁人对地炉烹茶的执着和讲究。地炉烹茶另外的讲究是茶果茶，众所周知茶树上以茶叶为贵，其实年年结的茶果也是山民一宝。茶叶树与油茶树同属山茶科，茶籽都可榨油，说起来，茶叶树的茶籽比油茶籽更具营养价值，只是太小，出油率也低，人们多不用。武宁人有法子，采来茶果，蒸晒之后，以地炉烹煮，略带麻涩，甘甜爽滑。毕竟山里薄田薄土，无甚出息，做得一点茶叶全部卖作银钱换来米粮，虽有好茶，自家是舍不得吃的，炮制不消钱的茶果，就地烹煮，地炉瓦罐，茶壳焖火，也自快活作神仙。

茶有嚼头，吃茶的人也得有嚼头。以茶会友、说情、待客，水汽袅袅中，一分意思活泛出二分亲热、三分和谐，自然场面婉转得多。若是以茶说事，就更方便了。

现代年轻人流行起了冷泡茶和冷萃茶，其实也不是什么新鲜玩意，武宁人早就试过了滋味，有山歌为证："韭菜开花乱蓬蓬，妹恋情哥不怕穷，只要你我情意在，冷水泡茶慢慢浓，哥啊我们人穷志不穷。"

武宁人吃茶奉心诚，还供出了茶神。

大小乡镇都有供奉泉水婆婆不说，澧溪的曹坑有一个九姑殿，从明代延续香火至今。某日经过殿前，我见名字有趣便进去参观。

里面供奉的主神为九姑，名字亲切好似邻家女郎的小名，殿内人却说此为道教的女战神九天玄女。黄帝与蚩尤大战之时，正是九天玄女助战，献奇门遁甲大败蚩尤，后被兵家奉为术数之神。九天玄女的信仰流行于黄河流域，甘肃是大本营，何故远播赣西北的武宁，还起了一个这么武宁化的诨名，实在费解。殿内人又说，村内老人讲过九姑的来历，有两三个版本，其中一个可信些的，说九姑本是邻省一殷实人家的第九个女儿，生逢红煞日，自小多病，算命先生说恐怕活不到及笄。父母和姐姐们爱惜她，就在驿道旁建了茶亭，为过往行人煮茶，好为她积福报。可惜九姑到了16岁还是香消玉殒，受过她恩惠的人记念她的好处，为她立坛祭祀。据说供奉九姑的人家里就出好茶，于是得茶商们信仰。某日，一供奉九姑的行脚茶商沿修河而上收茶，行至澧溪，那里有一棵古樟树，便在树下歇脚，发现九姑牌位竟现身于行李中。茶商大惊，不知是何兆头，一番求神问卦，原来九姑心属此地，便在树下立坛供奉，九姑也就成了武宁的一方女神。澧溪本是修河边上一毓秀奥区，梅林玉清宫出产的茶叶向来擅名，清朝文人叶期纬在《玉清宫品茶歌》中盛赞"鹰爪雀舌蕴寒香""净人肺腑雪皎皎""王乔丁威其下车，遥指山茗是仙草"。既有了九姑坛，当地人也来烧香许愿。据说九姑对茶商多有庇佑，当地李姓茶商次日要到九江卖茶，头天来许愿。九姑就托梦给九江的茶商，云武宁人将于何处售茶，其茶为上品。第二日李茶商到了九江，九江茶商已经等在码头，片刻售空。从此过往的茶商闻名而来，捐资给九姑塑金身修殿堂，茶神九姑的名号也曾兴盛，后来随着武宁茶叶的衰落而冷清了。

不知九姑是否果真灵应，九姑信仰倒确实折射了武宁茶叶行业兴盛的一二。

武宁的茶确属精品，平日里藏于深山无人知，一露脸就惊艳世人。

自称"分宁一茶客"的黄庭坚顺着修河水入长江，上京城，诗文扬名天下的同时，也把家乡的草茶送入当时天下最富才气的文豪杯中。他对故乡山野的茶自信满怀，自夸"我家江南摘天腴，落硙霏霏雪不如""汹汹乎如涧松之发清吹，皓皓乎如春空之行白云"，把江西山水之秀丽、茶叶的滋味发乎妙想，下笔生花，引得苏东坡、欧阳修、司马光纷纷来捧场，为江西的茶叶写下"草茶第一""无双奇茗"的赞誉。

其实黄庭坚藏私了，毛文锡在后唐二年（935年）写的《茶谱》中载："武宁严阳茶与双井茶相亚，为草茶第一。"

好茶从来不缺传奇，武宁的茶里严阳茶还不算最绝的。地方志说："茶，邑所产，伊洞、瓜源、果子洞擅名，然皆逊于象牙洞。细者有白毛，状如银须，雪爪玉钩。"看看，外人评为"草茶第一"的严阳茶在本县内居然还排不上名号。象牙洞的茶味道究竟什么样呢？"色碧、味隽，润喉舌，饮后令人爽豁。"

几百年前红茶出现，修河地区出产的宁红茶漂洋过海，风靡海外。"宁红不到庄，茶叶不开箱"，宁红茶在行业里享有崇高的地位，靠的就是高品质。美国茶叶专家威廉·乌克斯在20世纪初著的《茶叶全书》中称"宁红外形美丽、紧结、色黑、水色鲜红引人"；1915年，宁红茶在美国旧金山巴拿马太平洋万国博览会上获得甲级大奖章；1951年《中国茶讯》报载"1906年南昌始有茶企开业，市上以宁茶为主"；俄国人尼古拉·亚历山德维奇在尝过宁红茶后，题赠"茶盖中华，价高天下"的匾额……

根据资料记载，最鼎盛时期，武宁一年外销达16万箱的箱子茶。箱子茶每箱净重25千克，箱上署"中国武宁宁红茶"，并标明"云雾""贡尖""贡芽""乌云"等品名，用帆船运湖口转火轮至上海茶栈外销。1915年，武宁有"黄厚生""石连生""益农""益丰"等专做外销红茶的茶庄8家，其他茶庄30余家。抗日战争前夕，县城振兴祥茶庄唐宝文运100箱出口茶叶至上海，德国商人用100桶靛换唐100箱茶叶（靛时值1000银圆每桶，箱子茶时值50银圆每箱），获利近10万银圆。

1921年后，俄国外销中止，加之世界大战，茶叶价低且无销路，武宁的茶叶行业步入低潮。20世纪90年代经济复苏，武宁茶场复兴，也有过年产1000吨，自制的"白鹤羽茶"绿茶斩获国家金奖的景象。然而走大众化加工制作的路子，和武宁高山蕴野茶的天性还是相违。

爱茶的武宁人怎么会暴殄天物。到了近10年，新一代的武宁茶人翻新了传承百年的宁红茶制作工艺，把制茶工厂搬入山中，运用科技手段掌握茶叶从枝头到杯底的全过程，控温控氧控湿，不同的山头配不同的生产线，将精细化差异性做到极致，精准命中新时代茶客的需求。

红汤鲜亮是老色，琥珀金黄是新味。红薯香甜，自然还是茶客们对一杯宁红茶基础口感的验证，而幽兰花香、樱花香、花果香，是制茶人的新追求，也是武宁山林中与茶伴生风物的本味。武宁县太平红茶业以赣鄂交界的太平山野生茶为基底，将终年云雾缭绕的自然之趣、万亩高山野樱花之香、千年道场佑圣宫之韵融入一杯茶中；太阳红茶业以国家风景名胜区九宫山支脉太阳山野生茶为基底，山上有大片两百年以上的古茶树，以吴楚雄关之奇、千年松林瀑布之幽凝入茶中；武宁县2020年获得全国第一张野生有机茶认证证书，推动中国野生茶研究向前迈步……

细说起来，人类的饮茶史是探索的历史，不乏挫折和失败。甚而失败也具有让人着迷的滋味，这在别的事物上可不常见。比如远古时代，神农氏们生嚼茶叶，以为这就是这种植物的最优解。后来人们蒸煮，磨碎，或者佐以糖、盐、姜、香料，自觉味美无比。每过几百年就有一种或数种新的制茶饮茶方式风行。茶的种类逐渐拓展，人类的味觉空间和审美空间也随之拓展，人类的文明史（中国卷）里茶叶承载的内核如雪球越滚越大，堆积成雪山。

武宁风俗茶的留存就是写照。

近10来年时间，武宁高山野茶已经迅速占领市场，武宁野茶的名气不胫而走，被越来越多的人品尝。也许此刻在高耸入云的商业大厦里冲泡一杯红茶的你，正将和千百里外赣鄂边界的一片山林相遇。山林刚刚遭遇一场阵雨，水声喧腾，雾气弥漫，每一片叶子后都坠着浑圆闪光的水珠，嘀嗒重复着森林的计时钟。

电水壶蜂鸣，你把它拎起，等待温度适宜，注水。从你的杯中腾起一场千百里外的阵雨，游弋于四壁空间。清香入喉，芳香的物质与玄妙的神经感官之间打开了一条隐秘的路径，它们之间有无数种曼妙的可能。

让我以一个武宁人的身份告诉你一杯野生茶在山林间的种种际遇。

清心。"客心洗流水，余音入霜钟。"秋日，暮山重重，山深处的钟声，林间慢慢凝固的霜。窸窸窣窣的脚步声，是松鼠，或是林间鹿。不急不缓从落叶覆盖处流出的泉水，流过白石，泠泠泛着月色，流向静寂之夜。"明月松间照，清泉石上流。"一枚茶叶刻录的秋季远多于诗与画的呈现。秋的绚烂色彩与凛冽气味，细细镂刻成茶叶上数条或深或浅的脉络，亟待开启。

振奋。杂花生树，群莺乱飞。生命的原始驱动蓬勃而强劲，扑啦啦扇动的翅膀，扑啦打开的花朵，咻咻抽长的茎干，空气里不胫而走的春的信息扩散。水流活络，流速增快，雨滴的鼓点越来越细密，万物从昏沉的睡眠里苏醒，伸展，热身，季节的肾上腺素急剧提升，即将开始生命的竞赛。

春之勃发，夏之热烈，秋之摇落，冬之蕴藉。茶叶关于自然的知识储存比人类丰富细致得多。人类生命里那些阳光无法企及却干涸，光阴无处着力、理性无法积极运行的角落，不得不借助自然的力量去使劲，而这正是生于山林长于泽野的武宁野茶被大自然赋予的使命。

今天，你到武宁去做客，武宁人开口第一句仍然是："请吃茶。"谁意会这一杯茶里，已将山水武宁的滋味说尽。

人

男儿讲义真兄弟，妹子重情举世奇。
耕读传家延万代，安宁无忧是此邑。

——黎隆武

山水菁华在灵长，玉韫珠藏是人文。勋业文章、敦庞卓越，先哲后贤，煌煌前烈。这里的男人重情重义，忠心赤胆，这里的女人大情大义，侠心柔肠。孝老爱亲，廉村叶氏十进士、周家棣华堂八进士；耕读传家勤为本，安宁繁衍和是根。武宁历来为移民大县，包容和融尽显于武宁人的举手投足间。

作为一个武宁人，要说清武宁人这个群体，也许不如武宁以外的人更便于刻画，总有点"不识庐山真面目，只缘身在此山中"的意味。

外人看武宁人是一支，武宁人看武宁人那是千枝百叶，各色各样，南片的北片的，山背的河边的，方言口语、饮食习俗大不一样，泾渭分明，难以一概论之。

把武宁人说得太好了，不免有王婆卖瓜的嫌疑，若是把武宁人说得差了，首先情理上就过不去，二则恐回乡不得好脸皮。

既然难以评论，不如就从脾性嗜好、语言习惯、人物风气几方面如实陈述，武宁人从来如此，如此这般，究竟武宁人是什么形象，看完了人们自有计较。

武宁人无疑是讨人喜欢的。

"武宁为县，僻在万山之中，当修河上游，有水泉灌溉之利，峰峦岑郁之美，其土著之人，负气好礼，喜于果敢，节义因之，而和厚之风盈耳矣。"

这是公元1543年，明朝嘉靖年间县志主笔的总结。

依我的理解，这一生活在修河中游、幕阜山和九岭山腹地的人群，享有的是山水中物资更为富饶的部分，生活更为丰裕，性格更为柔软，神经也更为松弛。他们容易满足，只要有口吃的，滋味还不差，他们就拍着牛皮鼓乐起来，唱支山歌"戏一下"。"薯丝饭，茶壳火，天上神仙不如我"，他们实在把人生认识得太清楚了，"人无两世到凡间"，"不快活来白做人"。

他们被称为"内陆中的外省人"，超过三分之一的人口是外来移民，涵盖浙皖苏豫湘鄂等十几个省份，彼此作了邻舍姻亲，麻花绳一般拧在一起紧密联系。一条水系发达的修河，就像一根强健苗壮的血管，不管是造血还是输血，能量惊人。外省人进得来，留得住，自然这里有可供外来人生活的资本，本地人对外人的态度也大度宽容到不像个性内敛的内陆人。甚至有点儿过头了，热情得好比《桃花源记》里的桃源人，不论哪家来了外省的客人，"延至其家，皆出酒食"。这在武宁并不以为稀奇。对外来人的好客既然形成传统，从人性的角度出发，说明武宁人从过去就在外来人身上得着了足够的好处。外来人意味着机遇，文人政客是知识和权力的象征，商人逸客是利益和精神救赎。当然还有一个原因可能是共情——大部分的武宁人本身就是外省人。

从上古时期的三苗族裔被大禹赶至幕阜九岭山区，到1969年两江移民搬迁来此，有着"天下大乱，此地无忧"评价的武宁，向来就是移民最后的安歇地、乱世中的"桃花源"。

在武宁，难以说清谁才是正宗本地土著。往上倒个两三辈，或者两三百年，或许都是从一个地方迁来的。反正这里陶渊明长子的后裔和苏东坡三子的后裔混住着，唐朝国子监祭酒张宁的后裔和他的仇家卢杞的后裔在一个地方安居近千年，除了不怎么来往，倒也没有别的波澜。

有一桩趣事，陶渊明的外祖父孟嘉是湖北阳新县龙港人，与武宁交界，他的后裔分别于明清两朝迁入武宁，一支迁在幕阜山脉的上汤乡，一支迁在九岭山下的罗坪镇，在武宁居住百来年，彼此不通音讯。几年前，武宁县历史文化研究会一行人为研究陶渊明与武宁的关系，到这两个地方的孟家去看族谱，发现他们是一家人，引荐他们认识，才认了亲。

譬如卢姓，南唐时候就迁入武宁，家族繁衍庞大，在武宁有"南卢北卢"之称，早先也没有交往，近年听说也接了族谱，不分彼此了。

武宁40来万人口有16万移民，16个民族，400多个姓氏，是江西最大的移民县，可能待人和气、宽容开放的风气也能排入前列。大家彼此都是来寻求安息之地，这里又尽是地广人稀的好地方，便没有那么多可争斗的，和和乐乐地住着，神经松弛，社会结构松散，自然就安逸了。

南宋道人白玉蟾评说武宁"江南山水窟，江西风月窝"，山水是实的，风月是虚的，山水是说得出的妙处，风月是说不出的情趣。尤其这个"窝"字形容妙绝：山高水深、桃源成洞可曰"窝"，地气不散、云雾凝结可曰"窝"，家园安逸、襟怀慵懒可曰"窝"。进了武宁，就想窝着，不愿再踏出这个安乐窝。清代文人余腾蛟行文贴切："豫宁为邑，岩穴纡迴，烟云绵缈，危寻曲讨，佳境良多，……是以仙人爱其幽遐，高士乐其修洁。"

纵观武宁历史，仙袂飘飘、清风四溢，委实不缺仙人与高士。

化鹤来归的丁令威，羽扇渡江的吴猛，斩蛟擒龙的许逊，仗剑神游的吕洞宾，平章风月的白玉蟾，开山立派的章权孙，还有诸如九天玄女、陈靖姑、黄婆、丁秀英、吴彩鸾等皎皎女仙，真可谓遍地烟霞，无一山不栖神灵。这一切赋予了武宁人对于自然的灵应感悟和敬畏，性格中也自有一分灵气。

高士则流光溢彩，春秋战国时期的吴国王子庆忌，先秦时代入伊山隐居的伊叟，汉代经术大家"邓独坐"邓通，高筑读书台的柳浑，种莲花养鸳鸯自乐的郑郊，方志大家周应合，明经卫道的卢浙，崇古大儒张棕坛，豫宁三盛的盛家兄弟……俊采星驰，数不尽数。

此外，宋代文风鼎盛，罗溪廉村有叶家十进士，村以廉命名，人以廉立身；山背横路冷家十进士，忠烈满门；周家堂兄弟8人周友贤、周友直、周友谅、周友能、周友信、周友仁、周友闻、周友端同为进士，"一门父子十进士，二代身历五朝臣"，父慈子孝，兄友弟恭，宋宁宗敕赐"棣华堂"，以《诗经》里"棠棣之华"的美好寓意，为周家旌表门闾（lú），后世周家还出了修志方家周应合、神通周天骥等英才。

代代自有才人出，勋业文章、敦庞卓越，先哲后贤，煌煌前烈。

民国元勋李烈钧，祖籍罗溪，辛亥革命的元老，国民党陆军上将，国民政府执行委员兼军事委员会常委。三炮定韶关，护国讨袁，爱国抗日，中直无私，是孙中山先生的得力助手。遥想当年，袁世凯复辟称帝，李烈钧将军铁肩担大义，在江西湖口率先举起义旗，云南倒袁，组织北伐，创建共和，反帝反封建，立下了不世之功。孙中山称赞他："协和先生上马能武，下马能文，诚不可多得之当代儒将。"冯玉祥钦佩他"对国忠，对人义，对友直，行无所畏，言无所忌，实大仕、大智、大勇者"。他勉励冯玉祥抗战，挥笔书写"攻错若石，同具丹心扶社稷；江山如画，全凭赤手挽乾坤"相赠；号召天下"并力扶危"，赋诗"并力扶危志待伸，抚怀天地亦艰辛"；国家危难之际，他将5个儿子送上抗日前线；他历任高官，却俭葬父母，身无余财，连住所都靠友人资助……李烈钧将军逝世时64岁，国民政府以国葬之礼将他葬在故乡武宁。"天地有心恒载覆，湖山无恙任遨游"，李烈钧的讨袁"通电"，给他的家乡武宁，也给中华民族留下了义薄云天的精气神。

除了这些行大道、走正途的人，武宁还多有逸才。比如"徐烂子"徐若林、"卢雾人"卢务仁等，都是唐伯虎、解缙之类的机变之流。

徐若林喜欢仗义替人写状纸诉讼，县吏乡绅多有畏惧。一日有县令到任，听说徐烂子之名，就把他传唤至县衙，出了一个对联考他："雪压山头，哪个峰峦敢出。"这话里咄咄逼人的气势真如大雪压青松，不可一世。徐若林略加思索，指着县衙窗外漏进来的阳光对出下联："日穿壁孔，这根光棍难拿。"奇思敏捷，闻者拍案叫好。

卢务仁纵情山水，出口成章，著有《山溪问答》，已失传，仅有根据老人讲古的断章留存。且说卢务仁过一危桥，山溪边有一老人问他姓氏，他张口答："盘古有宗我有姓，人间何处不家乡。"老人问他饥渴，他答："渴来蠡水连河吸，饥到桃园和树吞。"老人问他梳洗，他答："面到垢时呼雨洗，发当蓬乱唤风梳。"老人问他身上有虱为何不除，他答："英雄养得千骒口，好汉屯留万马兵。"老人一笑而去，卢雾人就做《撒手歌》："撒手歌，撒手歌，一场大梦醒南柯。富贵忧愁贫贱乐，老年人少幼年多。笑他求名的，空掇蒐科；笑他逞刁的，枉用机陀。休说风流爱翠娥，娇娜转瞬老村婆。莫夸功业振山河，都落渔家破网罗。有财的，矜什么？有势的，恃什么？浮云世事眼前过。看我原心懵懂，拂袖摩挲，浮沉天地，去复岩峨，偎林坐卧，带醉吟哦。"不比《红楼梦》里的"好了歌"浅薄，也是与曹公同气味的奇人。

清代船滩镇殿背的程盟山，爱梅成痴，以"神、真、尘、春"4字为韵脚。写了100多首梅花诗，如《梅性》："傲雪舒芳萼，林泉静养神。得天清且洁，赋性老而真。雅澹非逃俗，孤高自出尘。从来甘寂寞，聊以乐吾春。"《迟梅》："人抱孤芳节，含章不露神。多因怜寂寞，未肯吐清真。媚景群争艳，幽潜独后尘。微吟当羯鼓，携酒一催春。"清婉可听，不失雅趣。

在北面的山背地区，位于幕阜山以东，这里山凸石奇，多有矿藏，自然山林田地的出息就小，偏生人口板扎，是武宁难得的人多地少之处。又与湖北、瑞昌等地犬牙交错，两省边陲之地，难免针锋相对时有，何况楚人骁勇，若不强悍些，只得吃亏了。

武宁人倒不怕吃亏，只是不能受气。

听过一个段子。大洞乡叶姓为大族，某村与湖北互为插花地，来去村中要直过湖北某乡的街道。有一日叶家的叔祖在街上吃酒，与街上人起了争执，孤身一人被三四人打了。回村之后众人一问，深为愤慨：一为不平，三四人打一人，不成道理；二是不甘，日后叶家人从街上过，脸上无光。当夜每家每户出两个壮丁，擎棍打棒，手举火把，出山来到街上。当地人也惴惴于欺负了人，提防来寻仇，正严阵以待。叶家人血气冲头，从街头打到街尾，打得街上人不敢说一字硬话，从此昂头过路。

山背人到县城来要翻山，南皋山太高，来县城讨生活的不比出外闯荡的多。出门在外事事难，自古他们就聚拢团结，和浓稠的山背口音一样有黏性，有根性。这一点是武宁人里少见的。前有明清时期鲁溪人到南昌赚"武宁码头"，为争活路自告奋勇出头，穿烧红的铁靴奔跑致死，给后人拼来数百年的活计，这是武宁人的胆气，也是舍身之义；后有横路人余静赣带领十万装饰大军把公司开到五大洲。

在民国时期，山背地区"五里三司令，隔河两将军，二十四根横皮带"的说法家喻户晓。

山背人在历史上文武齐备，宋元时期横路冷家一门10位进士、14位官宦，其中冷洙、冷澄、冷冲三兄弟助岳飞将军平叛，忠烈牺牲，后世为他们立"三忠祠"祀奉。

冷洙字晦源，升仁乡人，宣和甲辰进士。岳飞将军知道冷洙的才能，张榜檄冷洙与汤执中御敌。冷洙当众慷慨发誓，与敌死战。他和李成战于印斗港，英勇作战，大败叛军。李成大怒，合兵围杀冷洙，乱箭齐发。冷洙冒着箭雨突围，大呼"杀贼"，力屈而死。冷洙的兄长冷澄、弟冷冲，益加发愤杀贼，率领众人前驱奋击敌人，斩获无算。

清代武科榜眼（殿试第一甲第二名）张大鹏、最后一科武举人叶钧各负盛名。张大鹏是鲁溪镇洞口中村人，为唐代国子监祭酒张宁40代孙，年少时家境贫寒，他与两位兄长靠作田卖劳力为生。武宁民间有习武传统，大鹏生得膀大腰圆，棍棒剑戟、马术、箭术功夫了得，他的叔祖张立元认为他必成大器，资助他习骑射。当时南昌城外有鲁溪镇人开拓的武宁码头，张大鹏也曾在码头搬运，开阔眼界。清嘉庆庚申（公元1800）恩科乡试考中武举，两年后考中殿试第一甲第二名进士，授官大门上二等侍卫，拱卫皇城。他曾历任楚粤等地，都是少数民族聚集之地，历来纷争不断，械斗不止。他到任之后，抚剿并举，调和矛盾，使得瑶彝无忧，百姓相安。某地曾有"千刀会"的帮派滋事，张大鹏雷厉风行，当夜擒住贼首，天明归来，让士兵衔枚回营，自己掩门喝茶，恍若无事。老百姓一觉醒来乱已平，梦中没听到一点消息，可见他的手腕，后人以"芟（shān）萌罔蔓"（除萌芽不使蔓延）来称赞他的治安之功。后来张大鹏升任广东潮州镇总兵（正二品），晋武显将军。

　　说到武宁人的勇武和忠义，不独山背，武宁四方乡镇都有忠烈事迹。石门楼镇抗元英雄叶訚（yín）、叶粢（zī），父子都愿以身相替，守城壮烈尽忠；南岳黄沙的胡大海，立身成祠，有神歌传颂。这些人物一时也难以尽说。不如只举宋代抗金将领岳飞在武宁期间涌现出的人物来做一投影，可略见一斑。

　　话说岳飞在绍兴年间（公元1131年）奉命到江西平叛救驾，他在武宁县征召能人志士，武宁义士纷纷踊跃襄助，留下了许多可歌可泣的故事。

罗溪进士叶梗,"以进士杖策军门,献攻取之略。岳侯与语,大喜,命之随军,多有裨助,岳甚重之"。叶梗主动到岳飞将军的驻守地献策,岳飞和他交谈后,大喜,请他随军,叶梗对行兵布阵多有奇谋,岳飞对他非常倚重。我想,岳飞将军是河南人,在武宁人生地不熟,为什么能在朱家山设伏,大败叛军,应该有罗溪人叶梗的一份功劳。

山背名士汤执中,字季权,升仁乡印溪人。他从小有大志,曾经说要"立功中原,垂名竹帛,方呈吾志"。青年时汤执中入京城,游太学,获当时的名臣宗泽青睐,汤执中入了他的幕僚助其征讨叛将张用。后来张用归降后又叛出,汤执中又帮助宗泽大破张用叛军。岳飞到武宁来征讨李成,因听说过汤执中的事迹,张榜檄汤执中与冷洙来助。汤执中同冷洙兄弟会兵攻城,数战告捷,岳飞亲自手录军功,县志载岳武穆的真迹被汤家收藏,不知如今安在。

进士汤邦德,有经济之才。岳飞征讨李成、张用之乱,过富川,下令调拨千艘船只渡江。汤邦德奉命立办,岳飞看到事情办得这么漂亮,特意把他招来慰劳,"不谓书生干济乃尔!"汤邦德以才能升长沙令,有廉名。汤邦德长沙任官不仅以廉洁名世,还留下了"夜醉长沙酒,不辞转饷之劳;日食武昌鱼,初喜及瓜之代"的名句。

这些武宁人在岳飞将军麾下立下了功劳,也与岳飞结下了深厚的情谊。叶梗展现了武宁人的谋略和气度,汤家兄弟展露了武宁人的才干和品行,冷氏兄弟展示了武宁人的血性和肝胆,不只令岳飞爱重,今日读来,仍然让人掩卷长叹,感动莫名。后来他们的名字和牌位都进入了岳武忠祠，配享香火。清朝，盛才子对他们拜祭歌颂："春秋俎豆隆妥侑，忠肝义胆吊芳踪。"

男子忠义，女人多情。

武宁的女孩子若是喜欢一个人，至情至性，那是奋不顾身且殷勤备至的，拿现在的话来说，有点儿"恋爱脑"。最有名的例子是南宋时期的戴复古妻，一首哀而不怨、缠绵悱恻的绝命词，让古今多少人为其惋惜感叹，神往不已。

世人皆知陆游与唐婉的钗头凤情事，不知武宁的宋城之中，陆游弟子戴复古与武宁女儿的一段缠绵情缘，有过之而无不及。

且说浙江黄岩人士（今温岭市）戴复古，南宋江湖诗派领袖，曾从陆游学诗，极推崇陶渊明。他一生不仕，浪游江湖，中年在江西一带登临胜迹，寻踪吊古，流落武宁。武宁一位富翁爱惜他的才华，正好家中有一女儿，也是文艺青年，终日手不释卷，就做主将女儿嫁给了戴复古。两人诗歌唱和，情投意合，过上了神仙眷侣的日子。两三年之后，戴复古有一日说要归家，妻子自然要一道去，戴复古却推说家中已有妻室。这位女子告诉父亲，富翁怒不可遏，要绑了戴复古见官。古代实行一夫一妻多妾制，有脸面的人家的女儿只可为正妻，怎可为妾，戴家要告他个停妻再娶的重婚罪。

可叹自古女儿多情，武宁的这位女子却劝住了父亲，放戴复古归乡，看他身无长物，还将自己的妆奁给他做盘缠。武宁乃水乡，渡口多处，东渡、南渡，俱是渡口，戴复古回浙江，应是顺水向东流去，走的是东渡口。

其时暮春时节，渡口杨柳依依，女子送别戴复古，将一封书信放在包袱里面，嘱咐他登岸之后再开启。戴复古依了她，等他展开一读，竟是一首绝命词，女子已在送别他之后就投水而死。

"惜多才，怜薄命，无计可留汝。"我爱你多才，只怪自己薄命，没有办法留住你。"揉碎花笺，忍写断肠句。"一夜揉碎多少张纸，提笔难写断肠句。"道旁杨柳依依，千丝万缕，抵不住，一分愁绪。"人说杨柳枝长，千万难数，若比我的离愁别恨，不抵万一。"如何诉。便教缘尽今生，此身已轻许。"叫我怎么说，事已至此，还有什么话好说，若早知此生缘薄份浅，当初不该轻许终身之托。"捉月盟言，不是梦中语。"当年花好月圆你侬我侬之际，你也曾许下山盟海誓，天上的月亮你也愿为我捉来，回首想想，不过梦话罢了。"后回君若重来，不相忘处，把杯酒，浇奴坟土。"你这一去，天人永别，若是你还有来武宁的一日，若是那时你还没有把我忘记，就斟一杯酒，浇在我的坟头，我泉下有知，也当欣慰。

据说十年之后，戴复古来过武宁，虽不知他有没有浇酒坟上，却留下了一首忏悔的词："莺啼啼不尽，任燕语，语难通。这一点闲愁，十年不断，恼乱春风。重来故人不见，但依然，杨柳小楼东。记得同题粉壁，而今壁破无踪。兰皋新涨绿溶溶。流恨落花红。念着破春衫，当时送别，灯下裁缝。相思谩然自苦，算云烟，过眼总成空。落日楚天无际，凭栏目送飞鸿。"

词里透露了很多当年恩爱的细节，曾经同题粉壁，一起写诗，也曾经在月下许下山盟海誓，愿意为爱人捉来天上的月亮，离别的前晚，女人在灯下为男人裁缝一袭春衫，他们居住的小楼东面，有杨柳<u>丛丛</u>。

不过你若是以为武宁女人尽如戴复古妻这般温柔可欺，那是大错特错，武宁女人的强悍与立得住，别的不多说，武宁有个鹅婆寨，寨主是一位女性——别处就难有此例了，可谓是武宁版的穆桂英加樊梨花。

船滩镇殿背村的王家祠堂，最早的祖堂是朱氏太婆留下的房产，这位朱氏太婆先后嫁两任丈夫，志气不小，给两头的儿子都留下了房产，在当地还捐建数座桥梁和亭子。我去看过她营建的桥梁，小小一座青砖砌就的拱桥，工匠多为她娘家的朱姓人士。这些桥并不在大河上，尽是河边的支流，雨水下得大一点儿妇孺就无法通行的地方，这样细巧的心思果然只有女性才想得到。

武宁县和靖安县交界处的严阳山，山高千仞，海拔1521.7米，人迹罕至，却有一位纤弱女子在这里建了一座石亭，名字充满诗心灵性，叫"浣云亭"。

浣云就是这位女子的名字，她是清代一位文官张友山的独女，从小聪慧，喜读诗文，自幼与熊家定亲。张浣云也是名奇女子，曾把定亲的金镯卖掉换来书籍，匿名赠送予人。后来张父亡故，她和母亲相依为命，偏遇上太平天国运动波及武宁，为躲长毛军，她和母亲一路逃亡，上了严阳山，可怜山崖路险，更兼雾浓风大，人们用衣带绑在树木上，一点一点挪行。张浣云体弱，几乎是被背上山的，她闭着眼睛不敢看崖下情形，荒烟数十里，能生还下山，恍如隔世。

下山后浣云就和母亲商量，要在山上盖一座石亭，方便过往的人休憩歇息。桥亭的式样、材料、工艺，皆由这位才女设计：不能有瓦，风大掉落伤人；亭内要有可躺下过夜的地方，亭前要砌台阶，方便体弱之人上下；为防风，亭角飞檐翘起；为省工，材料就地取石……

千仞之山，行路本难，何况建亭。不知是不是建亭一事耗尽了浣云的心神，亭子建成不久，她就香消玉殒，还来不及为亭子命名。

知悉此事，有人提议就以张家姑娘的表字来为亭子命名，以纪念她的仁心蕙质。封建社会，女子闺名隐晦，怎可为人所知，还被无数凡夫俗子所念；张姑娘未嫁而亡，品行高洁，更不能留下话柄给人玷污，这个说法自然遭到了劝阻。但是更多的人还是认为这一桩不凡事、这一个不凡人不应该以寻常规矩对待，应该记录其事，不忘其人。

百年之后，山上石亭倒塌，驴友们偶然发现亭中碑记，大为震撼，翻出清代县志，读到《浣云亭记》，想起那位心思洁净如浣云流水的女子，至刚至柔，至高至远，至宽至仁，岂能不让人敬佩思慕。

民国才女何树先（又名丽仙），甫田乡石羊村人，一生与时代和命运抗争，她在女性教育、师范教育、助产教育、职业教育、家庭教育、美术教育等方面多有涉猎，是武宁妇女解放的先驱；她自强不息，从一个童养媳到民办教育家；她开办女子学校，设立何氏奖学金，成为武宁教育的先驱者；她命途多舛，却在颠沛中为女子教育撑起一道光。

在武宁还有个太婆会，是船滩镇傅氏一族为纪念劳苦功高的太婆而设的。每年太婆生日那天，男人下厨做饭，奔波劳碌，女人跷脚玩乐，看戏吃席，成了一项非遗文化，可见女人地位不低。

典型人物自然是人群里拔尖的，不敢说人人都有如此懿德，但若离开这方土地，也不能出如此菁华人物。想想自己身上流着的是这般英杰的血脉，谁能不正念向善，见贤思齐？至少也不能辱没先人，坠了名头吧。

再来说说武宁的语言吧。一句"武宁好客气"，让许多人都从这句方言里窥见武宁的风情，不如再从这本衔在嘴上的《山海经》里翻翻，看看武宁人的多种面貌。

过去人们进武宁都是走水路，那就从河边的人说起吧。比如杨洲人。

杨洲人的话里有清亮的水声，风声，橹声，过路的鸟鸣，石头缝里吞吐的波浪声。乘船直下，声音被风行浪涌拉直吹乱，又散了，飘了，高了，转过一个弯远远地又在耳边落下了。

这是在水边居住，吃透了水性的人的语言。

我想箬溪镇还在的话，箬溪街上的人讲的话会更婉转。杨洲罗坪巾口话虽相似，码头水市毕竟都没有了，南来北往的水客商帮，艄公排汉，娇娘戏姐，横铺走贩，各色声腔口音在水边的镇子里，都融入满是水色的箬溪话里。

捏到喏带切（你到哪里去），捏恰滴东西再奏（你吃点东西再走）。武宁的方言里，只有杨洲话说起这两句寒暄话最妥帖又殷勤，不但不硬邦邦的带着防备，甚至有点儿酥软，话尾打着漂亮的卷儿，暗藏钩子，钩得远客腿软口拙，吃吃地笑着点头，"好好好。"

山高水长，古来水路通达，住在水边的人是见过世面的，也会招呼外人，声调软，每一句话的话尾都是向上抛的，且轻，抛得高又飘，风筝一样，这才落得远。好像坐在疾行的船上说话，字一出口就被风吹跑了，只有拖长些，抛高些，听的人才接得住。长长的抛物线沿着河道曲直，不过分圆滑也不过分漂浮，修河十八滩里缠绵的水袖一般，水的绸带不住地在眼前荡漾。

要软和，每日往来的人多，外地人多，陌生人多，不知脾性的人多，出来跑江湖的人多，既不得罪人，却也犯不着讨好人，武宁人从不自轻自贱，仗着山水好，不太愿意求人的，所以软和里头有随和，更有随意，闲淡，河里船来船过，天上云聚云收，任是什么，都不太放在心上的。

轻快，唱歌啰的。黄梅调一般轻巧快活，做不出苦愁相，唱起悲剧来是难打动人的，只教人可怜可爱。也做不出十足滑稽剧，有一种自得自足，口角打趣，没有坏心思一样，若有白娘子和许仙这样的男女游湖，会唱艄公小调的一定是杨洲人。

仔细纠察，杨洲话里好些词语句子其实和山背话很相似，只是腔调相差太远。

山背话的腔调浓，浓得化不开，吐口唾沫砸起星。浓得夸张，有一种戏剧性，圆口音多，顿挫多且发足了，将撇捺般顿挫的尖角方块在喉咙嘴里磨圆了再吐出来了，特别用力，让人想起口吐枣核当暗器的裘千尺。所以山背茶戏有听头，一开口就有了戏。

山背话有些悲剧色彩，男人说话比女人说话有意思，有年纪的人比年轻人说话有嚼头。杨洲话是年轻软糯的女孩儿说起来好听，嘴里缠着一股糖一样，好似唱一支水光潋滟的曲子，使人想见杨柳堤岸，梨花月明，水边漂衣的女人，船头堆的青红菱角，藕花水榭。

讲山背话，须得有阅历有故事的男人，对隅默然独坐，拿背向人，时不时闷一口殷红如血的山背谷烧，指头要抽不抽捻着烟丝，旁人一再追问，才下决心开口，端起麻边碗一饮而尽，长叹一声，浓浓的鼻音不知是醉是泪，嗯哪——一声极具韵味的腔调，要从很久以前讲起。故事可以不精彩，做派一定要端足。

一唱三叹，内敛，又激愤。山背话不擅长轻巧描述的长句子，他们的发音方式不支持。像海明威的句子，古龙的叙述，句号和感叹号多，时常另起一个段落。语言有力量，叙述也有力量，每句话的话尾总是沉沉地往下坠，很适合收梢。每句话似乎都可以结尾，然而情感不尽不完，可以一直说下去。莎士比亚的句子若精练一点，原是很适合山背人朗诵的。

就似茶戏里头的叹腔和汉腔，味道足，正是山背的下河派里擅长的，和山背人的生活和性格有些相像，所以才演绎出十分悲凉凄怆，怨愤倔强。山背人的爱和恨都是咬牙切齿的，赌咒发誓般，情感浓烈到圆口音说出来都尖头挫角，嘴边割出血来一样打横。我没有见过一个不犟的山背人。

所以人家叫山背佬。一个"佬"字，将他们作外乡人看待了，外国佬，湖北佬，南昌佬，有些不可理喻的意思，行事做派和大体冲淡的武宁人不大一样。

和山背话正相反，罗溪石门话没有圆口音，字字句句平来方去，从牙齿和舌头里压出来，简直是搓衣板上搓平了出来。本地人最喜欢教训人说，你把舌头捋直了再说话。罗溪石门话的毛病就是捋得太直了。

有人调侃说，武宁土著最可能是罗溪石门人，他们的方言发言各色，明明和修水县、靖安县交界，却一点不掺这两地的口音，又与武宁其他的方言不同调，可能就是武宁的土著语言。

说罗溪石门话就是武宁的本来语言，可能很多人不以为然，要是说南片的方言资历古老，应该没有异议。很多人学罗溪石门话，光是罗溪的"溪"字就难得精髓，一听就搭舌。其他地方都念"xi"或是"qi"，唯有罗溪石门人从石头缝里钻草一样钻出来个"ki"，发音的时候不能嘴角向上提起，要舌面贴上颚捋平了说。此外还有"giang""jiaong""kiong"等语音吐字，与粤语相似。

罗溪石门话念祭文和吟古诗，是最有味道的，平上去入，洋洋敞敞，古意盎然，连唱道都比别处好听，有板有眼，自成节奏。讲起话来横平竖直，一出口就是一间堂堂皇皇的厅厦一般，怪不得这边的人酷嗜书法，有异曲同工之妙。若是心急的时候听一个石门人慢悠悠说事，一扬上去半日不落地，一捺下来半日头不抬，火都来了。故此，罗溪石门人里有两个极端，急吼吼的急惊风，慢悠悠的慢郎中：一个开嗓跟放箭一样飙出去，偏生起伏不大，连成一线，听清也难；一个一字一顿一句一拖，要断不断，听得人瞌睡都上来了。

这里为九岭山最高峰所在地，崇文尚雅，家家种梅花、习书法，出过大儒，隔壁修水县的万承风为道光皇帝的老师，与"刘罗锅"刘墉为同僚，也是一代帝师，他自己的老师就是石门楼的大儒张听涛。这一带私塾众多，吟诵不绝。我记得幼时在村小上学，一、二、三年级在一个教室里上课，老师教我们读课文，还是拖长了调子唱的，小孩子不懂得什么是标准，齐齐跟着"唱"。这种音调用来"唱"古文，自然有古意，用来"唱"《小猫钓鱼》，想来令人捧腹。

说来也有意思，罗溪石门一带的方言板板正正，这样的语言一唱戏，却是唱念做打灵活、多有诙谐幽默小戏的武宁茶戏上河派，活泼调皮得不得了。我听过一出《看相》的戏，可以称之为"南方的二人转"，唱的段落极少，演绎相声的段落极多。我记得那位男演员形容猪吃食、懒人尿长，不光逗得台下的观众前仰后合，坐都坐不住，还把演过多少场了的对手戏女演员笑得直不起腰，台词都接不上了，他还在装傻作憨，我在台下笑得喘不过气去，足足笑了三年。可惜这种戏对方言的依赖太重，换一个乡镇，包袱就不响了。

上河派的源流地，石渡澧溪一带，那里的口音和罗溪石门话也相似，较为平实，更多些舒展，音调抑扬起伏大多了，可能是住在修河中段，声音里多了河流的波纹，极为好听。唱起《包龙图》来，范正腔圆，不失大气。

县城的方言是杂糅而成的，在发音和腔调上用了许多山背腔调，再大量勾兑恬淡水润的杨洲话来冲淡浓重的口音，浓的不那么浓了，飘的也沉下来了，用这两种方言做基调，再从南面的石门罗溪话和西面的船滩话好吸收的吸收些，听起来洋气又轻快（杨洲话），大气沉稳（山背话），亲切敞亮（船滩话），古雅平正（石门话）。只是莫名有些骄矜，特别是年轻女孩子讲话，脆生生娇滴滴的有些高阳公主那样的跋扈，但是并不让人讨厌，反而觉得她本该是如此天真骄纵的性情，天生可以得着些人世间的便宜。

在外人眼里，武宁人的形象和县城口音相似，讨巧，杂糅众长，兼具山的仁厚深沉和水的灵慧敞亮。古语说武宁人玉蕴峰清，珠藏水洁，著迹唯贤，风流淹替。

欢迎诸位来和武宁人交朋结戚，同享山水之乐。

戏

武宁茶戏韵无双，韵在九板十八腔。
乡音乡情乡思味，百花园里一珍藏。

——黎隆武

山水有好茶，1000多年来武宁人在种茶、锄茶、摘茶、拣茶、制茶、卖茶、吃茶等茶事劳作与交际中形成了"茶"的文化，茶歌、茶调、茶鼓灯、散曲，渐渐衍变出有"九板十八腔"之称的武宁茶戏，被誉为江西省四大地方采茶戏之一。痴男怨女、善恶有偿，武宁茶戏的丰富是这方水土的富饶、人文的出彩、人们的多情。

还不明白戏是一样什么东西的时候，武宁茶戏就给我烙下了它专属的印记。

俗气得神秘，热闹到诡异，有一种让我屏息的魔力。

在河边洗衣的婆婆口里，在背着满满一背篓薯藤弯着腰的呻吟里，在赶远路的人急促倦怠的脚步里；在新嫁娘的红盖头后面，在妈妈外婆的哭声里；在白的孝衣下面、银的唢呐里，在生老病死最大的喜悦和最深的悲哀里……都有采茶戏的韵律和腔调。

轻轻举着竹梢抽在甩着尾巴的牛屁股上，春风吹着，一脚一陷踩着云朵一样向上翻起的泥巴，农夫轻轻哼着的调门，许是《相送》《秧麦》《扳笋》；抱着孙子坐在阳光下，一把老藤椅，椅背断了好几根丫，晃着的吱呀声里，太叔婆嘴里低低嘬喏着的，许是《文武魁》《褂袍记》；迎面走来头发散乱，脸上笑容无端，眼神涣散，手里捏着一根草手舞足蹈，有种莫名天真的疯女人，嘴里嚼着一只袅娜的歌，许是《红梅妆疯》《翠花贫》。

甚至在妇人对骂的阵仗里，那些蛤蟆一样鼓着的眼睛和奋力叉腰，几乎要甩脱指头的手势里；在那呼天抢地的号啕中，鼻涕咧泄、抹眼抹泪的演绎里；那些炉火边的劝诫，蒲扇下的低语，夜里翻身的教诲，东邻西舍的长短，背后别有意味的眼色里，都引用着茶戏的典故和用语。

犹如千年前读书人引用《诗经》。

山里人的喜恶爱憎，生活的人情道理，当家的柴米油盐，世事的凉薄生熟，为人的宽细忠奸，都是茶戏的引子。他们的愤怒是茶戏的愤怒，他们的欢喜是茶戏的欢喜，他们的哀叹是茶戏的哀叹，他们的哭泣是茶戏的哭泣。那些呻吟长哭一样的叹腔，说家常般的北腔，风风火火噼里啪啦口齿伶俐的快板，郑重其事的二六，朴素欢喜的茶腔，大情大义的汉腔，不断转音似断还连的下旋音，谁能说生活不是戏，戏剧非生活呢？

不喜欢茶戏的人埋汰说："茶戏跟哭一样。"

崽俚吧，世间无论欢喜、愤怒、委屈还是悲哀，到了临界点都是眼泪。能在台上的故事里入了神、动了情，酸了、醉了、兴了，哭一哭自己，也是一桩消遣和享受，也是洗礼和自了。

记忆里第一次看茶戏，忘了是五岁还是六岁。

和阿婆去山背那边的新家岭大屋场送礼做客。换上做客的贴新衣裳，出门前规规矩矩地拿水抹了头发，被阿婆缺了一节指节的手牢牢攥着，不断地上岭上弯上猪笼背。

长长窄窄弯弯的路，被一双双脚踩得鞋帮子一样结实，从山间开出一条吞人的缝，刺刺的柴和草专埋伢崽，转个弯就看不到人影了。

从对门山上菜园后，推磨一样挨着山壁走，转来转去，沿路不绝的人从另一个岔路口加进来，都是去往一个地方送礼。聊天招呼，东家长西家短，山回路转，上坡下坡，过了一个山坳，绕了一个屋场，坪里晒衣隔着的寒暄，塘里捣衣的闷声和拉长的招呼，叫喝茶，叫屋里坐一下，叫转身来过昼（午饭），巴巴地透着直冒气的热忱。

到了送礼的人家，两三个长屋连在一起，坪院比屋还大，兜天一样。杀过猪的潲水味道混在高声招呼和低声细语里，来来去去的黑面布鞋、解放鞋把猪毛踩进泥里，混着红红灰灰一地的爆竹。坪院上摆满方桌长椅，当头还用木头门板搭了台子。

来去的人眉目里都有别的意味，咧开的嘴角都在传递一种他们彼此心知的欢喜。

照例吃过了热闹、哄乱、漫长的酒席，红色的甜酒倒在蓝边碗里，泼溅在桌上，孩子们钻来钻去地闹，大人有说不尽的话。

桌上的菜见底了，空盘了，小孩也呵欠连天倦了往大人怀里钻，揉眼巴沙要回屋，人却越来越多，声音越来越大。主家开始收碗撤桌，人人手里拎了椅子、凳子，挤到台下去。

唱戏，这样的字眼在所有的对话里含糊出现。

唱戏是个什么样的事情，我似乎也含糊知道，从连环画上，从收音机里。

不知怎么的我被挤到后台去了，声音混闹着，听不见一句清楚的话，仰着头找不见一个认识的人，憋着嘴巴拼命忍着眼泪，一回头看见几个大白脸，白得过分，吓得我呆住了，不由自主看直了眼。边上蜜蜂一样嗡嗡嗡的话里，我恍惚又知道了这叫化妆。

齐头高的桌子，几个粗瓷有麻点的白碗，碗里装了红红黄黄白白的水，浓稠看不见底。白脸的人用笔蘸着在画红红的嘴，又是黑黑的额，又贴一绺一绺的长须。我的眼睛完全不够用，究竟是怎么化妆的，全无印象。

恍惚又在台下坐着了。锣鼓怎么响，不记得，喝彩声左一下右一下爆竹一样。台中间坐着穿暗红衣服的女人，台边站着一个男人撸起裤脚挽到膝盖，腿肚上画着一个黄黄的碗大的疮。一个女人挥着一块手帕装模作样掐细了声音一惊一乍，在两人中间扭着屁股走，一下子手帕丢到男人脸上，"快走快走，腌臜坏了我家小姐"，一下子又在女人面前弓腰，拿手推她，嘻嘻地笑。最记得那个男人唱："为小姐我愿跳上葡萄树。"这使我大大地震惊了。

这三个人我都认识呢。

那个端坐的小姐一样的女人，是小学里教数学的表叔公的老婆，镶两颗银牙，从来不笑，眼角耷着，嘴巴抿紧，人中处长年簇着深深的纹路，总是一副眼皮都懒得抬的不高兴样子。表叔公教书脾气坏，有一次妈给我扎了一头辫子去上学，被他叫去黑板前"演板"做题，一边找着借口拿竹丫梢打我的膝盖弯，一边撇着嘴巴不依不饶地说我"洋里洋气"。

他们家住在山坳里独门独户的老屋里，屋前一排竹子挡着门，屋子隐在沙沙的竹影里发着暗，一点不亮堂。她坐在屋里时常不出来，见人也没个笑脸。我偷偷听大人说闲话，原来表叔公好怕老婆，她说一不敢说二。我猜她一定是个比表叔公更坏的老巫婆，疑心她会把落单的小孩子拖进那个暗暗的屋子里去。

那个站着的男人，是本村杀猪的毛叔他老爹，连我们都知道他外号叫"腊肉骨头"，总是拉着个脸塌着个腰独来独往，一个人住在铁门槛水库的麻石头房子守电站。和他儿子一样的高颧骨方下巴，孔武有力，却微驼背，和儿子家也不太来往。小调皮远远地在他背后大声叫"腊肉骨头硬又硬"，他也跟听不见一样，绝不会转身来拿人，或是告诉家里大人的。

那个拿着手帕的女人，是我的太姑婆，家里有七郎八虎好几个大孙子，嘴巴最会说话。见人就笑，问东问西，有人看见她跟牛都有话嚼。

我分明是熟悉的，即使戏台上的他们化了妆，穿了不一样的衣裳。可是又似乎全不一样了。

总是耷拉着眼皮的表叔婆，嘴角微抿，眼角上挑，扭颈歪头看人，声音又细又颤，一时叫"叫他快走"，一时叫"春香，回来"，一时拿衣袖遮住脸，一时把腰拧着侧脸对人。

太姑婆脚步轻快，手帕一甩一收，满台边跑，一会儿好细心用手帕给小姐掸灰尘，一会儿大声呸到腊肉骨头脸上，"嚼秆发辣（胡说）"。

"腊肉骨头"腰也不塌了背也直了，脑后拖了一个长头发，光了一个脚。赌咒发誓，我从来没听过他的声音，原来像磨刀石一样粗耿却中气十足。

"为小姐我愿跳上葡萄树"，明明是个脚上生疮的人。

这究竟是出什么戏？大胆的表白，端庄多情的小姐，逗趣活泼的丫头，后来我熟悉戏剧里那些才子佳人的套路，小姐是越沉静越好，大家闺秀的范儿要端着，但是眼波一定要多情流转，芳心一定要让观众都看得出来已经暗许，神情一定要含蓄地欢喜。丫头是越机灵越好，手脚轻快，口角伶俐。那出戏里都配上了。只不过从来没见过才子脚上生疮的形容。到底是出什么戏呢？也许只有茶戏里头会有这么离奇的桥段。

一出这么诡异的戏，五六岁的我过一段时间就不放在心上了，但是那情形一直在，连那句台词都那么清晰。

从此在村里遇见这台上的人，我心里多了别样的感触。"腊肉骨头"还是闷不吭声地在路上擦肩而过，我总是不自觉地回头看他耸着肩捎着手的背影，牛脊一样弯折而默然。叔公老婆还是常年不出门，有几次在红白喜事上遇见了，我死命上下来回看她，看她梳得细密整齐留着梳子印的头发，领子妥帖的黑衣服，偶尔瞟人一眼，眸光流动间硬生生看出了小姐的样子，想着小姐老了可能就是这种样子。

来往最多的还是住在上屋的太姑婆。回回拜年都要去她家。黑底白竖纹的木板门，光溜溜发白的木门槛老高，堂前宽大，两边墙壁上挂了古装的故事画，穿蓝衣裳、粉衣裳的男人和戴很多金钗的女人，白色的里袖和翘得顶好看的手指头。

她只生了一个女儿，就在本村南岭招赘了一个好女婿，生了一堆孙子，老七老八都是会翻筋斗的大哥哥。门前好精神一棵梅树，开得圆泼泼一树白梅花，比我家的早了十来天。梅花树下是一顶微微拱起的石桥，两条小河在桥下合流。下大雨的时候我们挎着一篮子衣服，穿过她家的猪栏，去她家后院桃树下清洗。那里是下多久雨都不混的山泉水，又有许多平整的石头。

她总是脸上挂笑的，来去都往堂前让，让座让茶留吃饭。路上和邻人遇上说话，远远就见她拍大腿拍巴掌，指天指地，赌咒发誓，好有意思。偶尔来我家借样东西或送兜子自己家吃不了的菜，看我坐在堂前写大字，嘴里啧啧有声，脸上眉眼飞扬，一句话烫嘴一样到了嘴边又咽回去，一副不知该怎么夸才好的样子，最后只说得一句："真是个大小姐，眉毛是眉毛，眼睛是眼睛。"

说来我离乡求学工作一晃10余年，回乡的日子少了。渐渐老人们都走了，"腊肉骨头"住的那个屋子早拆了，那位置我还记得，草长得人高，放床的地方还有印子。表叔公夫妇早就过世了，儿子孙子搬到镇里去了，据说老屋倒在一场春雨后，竹子还是好的。

最可叹的是太姑婆，好女婿得癌症死了，心窝子里的蛮孙娶了邻乡漂亮的唱戏的媳妇，又淘气离婚了。疼了大半辈子的孙子们都是不做家务的甩手掌柜，饭都要端到桌上才动筷子，孙媳妇都是嘴巴厉害手上娇娇的，独生女儿也怨屋不好娘不喜气命苦。那么大年纪还去捡柴放牛打猪草，听说笑得少了，见人都叹气，放牛的时候一个人嘴里念念有词，谁也听不清。反正是唱戏，大家都这么说。

渐渐的，听说人也痴呆了，吃没吃饭不记得了，一碗米合在地上，舀碗沙去煮饭。有一次走到堂前脱了裤子就解手。种种说法都让我心悸，那个台上机灵伶俐的丫头，总是挂着笑的婆婆，每年拜年时七郎八虎一大家子的老太太，听说去世的时候身上不好过，嘴里唱了一夜戏，不知道是哪出。

风流云散。

住隔壁的伯和母，勤快老实脾气好，都是两个闷子，不太敲天（闲聊）的，却痴迷茶戏，晚上把只一岁大的梅姐锁在屋里，赶到邻村看戏，天亮才回来。外婆听了哭声跑到窗外哄，一边哄一边怨。这是我出生前的事情，阿婆老是讲来告诉梅姐，茶戏不是好东西，千万莫学伯和母。

梅姐长成少女，是十里八村最甜美白净的姑娘，我的偶像，早上起来眼睛一睁我就要去找她，牵着她的裙角，喂猪、打猪草都要跟着去。从来不曾听说她喜欢茶戏。一个初夏的夜里，早早她家就过了夜，把大门锁了。我急急吃完晚饭过去，吃了个闭门羹。

我一直等她到睡着了，隔壁都没动静。早上一下床就跑了去，她反常地还在酣睡，阿婆拿着梳子把我拽走了梳头吃饭。吃了昼饭她才起来，我进她房间的时候，里面唧唧呱呱挤了一群姐姐，我硬是挤进里面听她们说话。

原来是看戏去了。

在比我们的村子更高的山里，有更大的村庄、更高明的唱戏师傅、更热闹的戏台。在梅姐的话里，我跟着她，在山里打着火把的队伍里走着，队头脚尾都说说笑笑，去一个光明亮堂的地方看戏。那里有会翻几十个鹞子翻身的细崽俚，最会做张做致眼睛眉毛都唱歌溜水的女人，到处说着话的嗡嗡声，突然一阵大笑，嗑不完的花生南瓜子，还有一个叫金瓶的漂亮男孩子。

我不知道已经生了两个孩子长出了皱纹的姐姐，还记不记得这个叫金瓶的男孩子。我一直无法忘记她说起这个男孩子时甜蜜的声音，她白皙皮肤上的红晕，她吃吃笑着用手捂住脸，在女伴们急切的推搡里刘海的晃动。她说起火光下他多么亮的眼睛、英武的眉毛、雪白的牙齿，他对姐姐的殷勤，临别时的相邀……

除了那一天，我再没有听任何人说起过这个人。他就像一只鸟的影子，掠过姐姐澄净的湖面。他是去看戏的那个夏天夜晚突然出现又消失的一个人物，我疑心他也是一出戏剧。人生中不是常有突然出现又再也不见的人吗？就像戏剧中演员突然即兴发挥的一句逗趣高潮的台词和一个鬼脸。

他是姐姐去看戏那天碰见的人。

去看戏。挤在嘻嘻哈哈的姐姐的房间里，我懵懂明白了那么多人说起这个词的欢欣、期待、羞涩和热烈。一点儿也不亚于舞会、沙龙、晚宴。

就是一个打着火把的夜晚，跟在一群充满了笑语笑话笑声的队伍，去一个陌生或者更好的地方，穿上漂亮的衣服，大声说话，抬头看人，看见谁都是笑，看见谁都觉得好。看见熟人是亲热，看见生人也不恼。谁也管不着谁了，有些人可以不理，有些事可以不做。和谁都可以玩，做什么都有趣。有漂亮的人相会，人群里一打量就心里欢喜了。有过劲的戏演，大家都叫好。

如果说起人生的遗憾，一定是少年时不曾去赶过夜戏，走进一个像故事一样什么都有可能发生的夜晚。

至今那个夜晚都像一个影子，在我的惆怅和遗憾里悄然隐现。

后来我看了很多场戏。在寒冷冬天露天篝火的祠堂，收割后踩着禾秆搭起门板的秋日田野。春日，夏夜。

只是我无法做一个全情投入的观众，只是一个看客。

唱戏的每一个程序我都清清楚楚。架桌子搭台、开箱子拿行头，化妆、盘头，吃饭、喝酒；来了一个人，来了一伙人，肩头扛着手里提着，牵儿带女，来了。青石板上坐着了，楼板上趴着了，站着，抻着脖子望着，一声锣鼓都笑了。

台上的人唱着，那个侍立一旁的丫头眼睛渐渐直了，在想什么呢？眼珠一转，抿嘴一笑，似乎和台下某人打了个招呼，看看唱着的人，又低下头去。一声叫唤，竟又跟上了。听了多少遍的腔，记住熟悉的上一句，可有想过做那个唱的人？

台下那个攥着袖口抹眼睛的老婆婆，眼睛浑浊，面容松弛，看到入神处瘪着的嘴微微张开。是在看着台上的那个人，还是记忆里的那出戏。沉默地看，沉默地坐，一天里闲下来的大半时间都是沉默，这沉默里究竟是什么？

一个看客最深刻的感受，是台上台下融为一体的气场。演员拙劣或是高明，观众多还是少，他们都处在一个同步的时空。喜怒颦笑，情绪一致，台上的人只关注着台下，尽力挑逗展现，台下的人期待着台上，会意、点燃、共情。他们在玩着一场你来我去的传球游戏，偶尔有打歪的球和没接住的包袱，谁也不在意，继续往下，总有高潮。我看着满场黑压压的头顶，眼睛的森林，那些茶戏腔调所到之处，都是他们的天地。

一条长长的青丝一样绵密的修河流过县城，形成唱作念打嘻嘻哈哈的上河派，悲壮呜咽咿咿呀呀的下河派。板凳戏，小二班，三角班，这些名词渐渐蒙尘，快被埋入土地，和那些山间的年代久远草木覆盖的坟墓一样无人认领了。

武宁茶戏源于茶，源于山水，源于这片炽风热土。

横亘湘鄂赣三省的幕阜山脉列阵在北，蜿蜒250公里的九岭山脉陈戈于南，巍巍两山之间，江西五大水系之一的修河，流虹泄玉700里，注入中国之"肺"鄱阳湖。与湘鄂相邻的赣北小城武宁，坐拥修河最肥沃的中下游平原腹地，境内堆青叠碧的是幕阜山脉最高峰老鸦尖（1677米），和九岭山脉最高峰九岭尖（1794米）。山高水长，水润山清，北纬29°正值茶叶生长的黄金纬度，自唐宋而来，武宁就以茶为特产，明代成为贡品，清代则以"宁红"享誉海内外。

山水有好茶，1000多年来武宁人在种茶、锄茶、摘茶、拣茶、制茶、卖茶、吃茶等茶事劳作与交际中形成了"茶"的文化，茶歌、茶调、茶鼓灯、散曲，渐渐衍变出专门到茶行卖唱的"唱生"、被称为南方"二人转"的小二戏、走村串户表演的板凳戏、有了专业戏班雏形的呼拢班，最终形成了有"九板十八腔"之称的武宁茶戏，被誉为江西省四大地方采茶戏之一。

采茶戏采茶戏，肯定和茶有关，茶戏演员宋厚权说得很透彻。他农忙种田、农闲唱戏，他的岳父是上河派泰斗，他和妻子两个人就是一台戏。最早采茶辛苦了就唱唱采茶歌，采茶是一项持续时间长又相对劳动强度不大的活计。每个乡镇都曾有过一个叫茶场的地方，每家农户菜园子里菜地的边上都种着几排茶树。春光明媚，农事方兴，山间的忙碌还未开始，男女老少相约采茶，互相解闷或挑逗甚至相骂，从茶歌、茶调，渐渐成了茶戏。

最早的茶歌如同一首清新的诗："南山顶上一株茶，阳鸟未啼先发芽。今年姐妹双双采，不知明年适谁家。"这首茶歌在不同的记载中有不同的面目，最后一句往往主语不确定，"明年姐妹适谁家""不知明年适谁家"，我更喜欢后者。

那一株长在山间的茶，早熟、敏感于春光，它那么懵懂地从混沌中醒来，惹人怜爱。姐妹双双采，明年她们还来吗？明年她们去哪儿了呢？就像《那些花儿》那首歌那样唱："Where the flowers gone? Where have all the young girls gone?"明年这株茶还在吗？人世变幻，它又有什么样的命运呢？充满了淡淡的惆怅。

茶戏的发展像山火，燎着武宁人的浪漫，渐成气候。

一开始的茶戏班叫板凳班，是农闲时候，多半是腊月正月，大伙儿围坐地炉烤火聊天，一个人拎一个板凳坐在一处，你唱一个我唱一个，记得多少唱多少，说起什么唱什么。

二小班，开始分行当了，一旦一丑，比如《秧麦》《打底劝夫》。没有跌宕起伏的情节，构不成戏剧的起承转合，不过是夫妻两人干活儿斗嘴，引人发笑中都是生活取向。人要勤劳才有好盼头，不要投机取巧；夫妻要和睦，不要赌博败家。最是简单平常的家长里短，演绎起来是极为夸张逗趣的。《秧麦》里丈夫的快活脾性和各种鬼脸，妻子的娇嗔；《打底劝夫》里赌博归来的丈夫略微心虚又要拿大的虚张声势，早有一腔不满打定主意要丈夫改正、泼辣麻利带有三分火气的妻子。平常日子日日相对，还有这样互相逗趣的激情，是天底下每一个家庭柴米油盐平淡幸福的基石。

男旦。

最后一个男旦已经76岁了。我们通过县戏协联系上他，欣然愿意拍摄，留下最后的凭证。他只是一个脸上讨人喜欢地笑着的老农民，因为唱过戏，有些矜持。长脸，皱纹从眼下一直堆到嘴角，瘦，黑，一双庄稼人指节肿大抻不平展的手。

他手里紧紧攥着老布包袱，里面是他珍藏的头面。粉红缎子上袄，铁锈红百褶裙，深灰布鞋，配色让人不敢苟同。男旦常兼作招人笑话的角色，许是故意这样打扮。比较少见的是头饰，武宁采茶戏男旦必戴的是前额的发帘，串着一条一条的彩色珠子，流苏般沿着脸周垂挂，将男人方正苍老的额头、突出的颧骨、大而板正的下颌以一种婉约的方式掩盖，彩珠迸跳，还添了几分少女跳脱的活泼。

戴上那一圈珠帘后，他的表情也莫名羞怯起来，不敢正眼看人，很有几分扭捏。他脑后的发髻也与现今戏剧佩戴的发髻不一样，是用布带做好的头套缠在头上。那发髻样式已过时，不华丽但是眼熟，似乎在一些深巷老街里固执穿着深蓝褂子的老太太头上见过。

男旦必拿手帕。他捏着一方比姑娘们用的手帕大得多的帕子，比起手帕，叫汗巾子更合适。小拇指竭力向上，只是翘不起来。揉着手帕走向前，"一猜咚猜一猜猜"。旦角的台步本来轻盈婀娜，小步轻快，他走的是老旦路数，慢且作腔调，走不动路还要扭。手臂摆动幅度从肩到腰，见礼时举手至眉，动作说不上娴熟灵巧，因着彩色珠帘后那羞怯躲闪的眼光，生出微异的妩媚来。

他唱的是《辞店》，多情的旅店老板娘，要留住那个离开她回家乡的旅客情郎。本来就是浪底浮萍，相逢送别也是百般无奈。他唱得朴实，词也并不文绉绉，三分不舍一分缠绵六分的苦，意外有些动人。

录完后中午一起吃饭，他卸了衣服头面，还是老农民，皱纹里夹着没洗净的脂粉，坐在包厢里，神色里全是满意和矜持，也不大吃东西，旁人敬酒他跟着也把杯子端起来。想要问些当年唱戏的事，他"嗯哪，嗯哪"，嘴巴嗫嚅着，终究也没讲些什么。吃过饭就拎着他的老布包袱回乡下去了。

早已经十几年没登过台唱过戏了，现在谁还看男旦呢。

只是他一直妥善保存着他的那些宝贝头面。

茶戏是有过角的，那是大角、名角，上河宁茂煌，生旦丑都擅长，下河刘诗笙，是个戏痴，他老婆夏考秀，呱呱叫的"小严凤英"。

这些人我都不曾见过。

他们之后，有名的是刘诗笙的弟子们，宁茂煌的女儿女婿。

山背的余伍子，亲生父亲和继父都是唱戏的师傅，从会说话起就会唱戏。19岁在当地有了名气，被推举进了刘诗笙的剧团。她不识字，嫁了拉二胡的师兄，丈夫其貌不扬，身无余产，只是识字又识谱，她崇拜他。

伍子跟着两个父亲学的是老茶戏，没有丝弦，单锣鼓板眼，跟了刘师傅以后，渐渐都改了过来，唯一改不了的是声息吐字。她的唱法是传统老茶戏的唱法，后来去音乐学校进修过的师兄说，是野路子，上不得大台面的，没有受过正规训练。嘻，茶戏是天生地就的歌，从伍子心窍里流出来的声音，从武宁的方言里牵出来的丝绊，几百年的喉咙里锻炼过的调子，正不正规倒也没那么要紧。

我喜欢伍子唱戏。妥帖，缠人，动心窝子。

伍子张口就有情。

嘈杂的祠堂里，围桌打牌，吵嘴拉呱，孩子哭大人笑的，不论有没有伴奏，锣鼓响不响，她一开口这些音浪全退潮了。像一根狗尾巴草在你心尖上搔。她唱谁就是谁，哭你就悲，逗你就乐，泼妇叫人生畏，悍妇叫人胆战，怨妇叫人不甘，憨妇叫人忍俊不禁。

她唱得最好的是《排环记》，其中一出《红梅妆疯》是下河派名段。这一出本子写得精彩，一个员外的二房名字叫红梅，父母双亡，受善妒主母的磋磨，磨房生子被夺，又被主母驱逐，一念成疯，到处寻儿。一个被生活欺辱到穷尽的可怜人，她的怨忿在《红梅妆疯》这一出里达到了顶点。

这一折戏本是写人间最沉重的疼痛和委屈，开场却欢快得很，一个天真的牧童在放牛，天蓝草青，无邪无虑，他快活地呜风找伴，回应他的是因寻子而陷入疯癫状态的红梅。

牧童是赤子，也是一面镜子，他赤诚的心性使他愿意和一个疯女人玩耍，他还不知道世间有许多标签，他随着红梅的喜怒哀乐而作出纯真直率的回应，他代表了人类宏大深厚的善良，他是剧作者的投影，也是上帝的分身。

而红梅作为戏剧的中心，她的内心戏以独白的方式全部展现在舞台上。一忽儿以为牧童是自己的孩子，一忽儿以为他是老爷要叫冤，一忽儿清醒过来悲愤不已，一忽儿陷入幻觉大笑不止。牧童放牛伢调皮不知世事，又想捉弄她，又可怜她是个疯子，上演一出闹剧，悲欣交集，辛酸难言。

两个人的舞台，神鬼人三界纵横，玉皇大帝、阎罗王、七仙女、牛头马面、无名鬼、皇帝轮番出现。短短一折戏，穷尽了人类想象的维度。"你不会做皇帝给我滚，看我红梅女来做一个女皇帝"，女皇帝、女阎罗、女天仙，这样的反叛精神已经超过了关汉卿《窦娥冤》的"地也，你不分好歹何为地？天也，你错勘贤愚枉做天。"

悲情的茶戏，是底层劳苦百姓想象的是非曲直，无处可谐、无法可解的生活困苦，轰轰烈烈地被发作出来了。人们喝口茶，叹口气，流点泪，又挨过去了。

伍子散着乱发，黑衣白裙，裙角系在手上，一脚深一脚浅地扑上台，"春宝儿啊……"声如利箭颤巍巍弦响不绝，台下听客心如肉靶已倒伏，婆婆妈妈鼻头辣辣，已掏一块帕子来印眼睛了。

她癫狂，回悲做喜，嘻嘻地笑，捶胸顿足，仰天怒骂，她的情绪像乌云一样从台上直压了下来，翻涌，浓重，雷光电火，变化无端。

伍子一直在乡里的剧团里，先是跟着师傅，后来是自己教徒弟，没赶着浪潮出去打工，也没往上走去县里挑梁子，江西湖北湖南，有人请唱戏就去。风也是唱，雨也是唱，雪也是唱，晒也是唱。

只是，始终让我有些黯然。

丰厚的历史积淀和武宁人大情大性的生活底色，让武宁茶戏在这片土地上繁衍花开，然而在现代浪潮的冲击下，茶戏也和其他的传统剧种一样，渐渐出现了青黄不接、传承断代的现象。到了21世纪，武宁采茶戏成了濒危剧种。

以修河为纵轴，县城为横轴，武宁茶戏自然形成了甫田、澧溪、石渡、石门等乡镇为主的上河派，山背地区为主的下河派。

上河派的乔模乔样，下河派的荡气回肠，县城周边中河派的中正平和，原也和方言有关。

上河派的拥戾，石门楼镇、罗溪乡，方言古奥，多去声，升调少浊音多，无卷舌，上颚用力，多"kio、kiang、kiou"之音，哆笑打哇，九岭梯田一般拗曲。上河地段好，山清水秀，水田沿山圈至山顶，端阳下种，中秋前收起，农闲时节多，木头砍不尽，再难的年成饿不死人。这里读书人多，出的进士多，一姓10个进士都出过，邻居修水的帝师还要来这里求学。规矩礼仪多，憋得人一身风骚没地捞梢。一出小戏，唱是次之又次，第一好诙谐，第二好装样，第三要个好对手，两个人台上一个装憨一个卖傻，台上哈哈笑，台下笑哈哈，服帖。

上河派的《告钱粮》，演绎一出洪水冲垮堤坝，露出堤坝里的糟坑败絮，几位义士豁出性命揭发贪官罪恶的慷慨悲歌。"杀雄鸡，喝血酒，去告钱粮"，一声怒吼，如烈火冲天，浑厚、激烈，男人以高昂的嗓音化作利剑，刺破黑暗，让人听之热血奔涌，手掌为之拳拳。演员唱完这一段，后背湿透三重衣。

据记载，1924年，赣鄂边区的地下党员以唱茶戏为掩护，宣传革命，秘密活动。共产党员李云溪（后任武宁地方苏维埃政府书记）等人组织了一个叫"八友会"的剧团，以《告钱粮》《告堤坝》这些具有强烈反抗意识的故事，启迪民智，凝聚人心。

下河派营地在山背，山背话声调重，起伏大，圆唇音多，口腔撮拢，尾音韵味拉长，一唱三叹，自带戏剧感。山背人多地少还缺水，山上尽是石头，地方上人又讲礼节排场，人人都是拳头捻出来的耙一样精干。南昌穿被火烧红的铁靴闯码头是他们，清末出了武榜眼也是他们。说起山背人，总沉甸甸地悲壮莫名。他们也好（hào）悲壮深沉的戏，好（hào）一个好嗓子，不要什么花里胡哨的身段编排，就看你开嗓震不震场，实在又讲究。

修河上下曲音袅袅，在江西、湖北、湖南三省多个地方都有影响，湖北的阳新采茶戏、修水县的宁河戏、永修县的丫丫戏，都有武宁茶戏的影子，或请过武宁茶戏的师傅。永修县的吴城镇，清代为江西四大古镇，是修河航运的中转站，水边一座武宁会馆，沿山而建，气势恢宏，里面设的戏台比寻常祠堂里的戏台大得多，武宁茶戏在这里日夜上演，里巷争闻武宁声，一时胜景。

灯火辉煌随波去，月影阑珊渐无闻。

武宁茶戏牵动着武宁人的心肠，它的濒危自然也唤起了一些人的回首。（茶戏的）田园将芜，胡不归？

以新概念重整旧山河，振兴武宁茶戏。曾是武宁采茶戏班青衣演员的陈琴，出走半生，已是一名国家一级美术师和拥有两家陶艺工作室的艺术家。生于山背茶戏世家，听着茶戏长大，灵秀山水滋润着她的骨肉血脉，痴情茶戏也滋养着她的血脉骨肉。她从14岁唱到24岁，武宁茶戏班解散后，她紧跟时代浪潮，越走越远，上海、北京、巴黎，可是她始终走不出梦里的那片山水，那声九板十八腔的呼唤。她还是回来了。

陈琴归来，再次拾起的不仅仅是她年轻时失落的梦想，也是她祖祖辈辈传承的根苗，这片大地断续的风月。

在当地文化局、地方媒体、武宁茶戏班师生和家庭亲友的支持下，已经是知天命年纪的陈琴，在地下室临时开辟出来的排练室里一遍遍走圆场，吊嗓子，压腿下腰，甩袖接袖，云手转身……少年时代是天生要强不肯认输的心气支撑着她进行这些枯燥的训练，到了中年时代，是一种命运般的牵引和挚爱在让她重新释放芳华。如一饼尘封20多年的老茶，早已历经采摘、杀青、揉捻的苦痛，静静发酵了20多年，又被光阴的滚烫温度冲开、舒展、芳香。

20多年前，那个少女用明媚的青春和发脱口齿演唱；20多年后，她用滚滚红尘的阅历和饱经人生的蕴藉风华在演绎。一句"红梅女"刚出口，歌者泪如含珠，听者泪如含珠，戏剧本就是把人生的苦难包浆，含辛茹苦，把心头难割难舍的痛和憾度化成了光彩夺目的珍珠。

陈琴团队新编的武宁茶戏版的《牡丹亭》经典《游园惊梦》，登上了中央电视台的舞台。观众们都惊呆了，武宁茶戏竟然如此优美动人，武宁茶戏的四平腔清雅隽永，陈琴的唱腔委婉绵密，对于幽微情感的表露如徐徐展开的山水画卷，蜿蜒流淌的百里修河，韵致楚楚，飞花落玉。听者为之心醉神迷，传颂不绝，正面的赞美和反馈如潮水般涌来。

江西戏曲史、曲艺史知名专家万叶，以及国家级非物质文化遗产代表性项目代表性传承人邹莉莉，不仅给陈琴排演提供了指导，还对成品给出了极高的评价："鼓歌入山，茶曲似水，游子赤诚，乡音动人，一片山水深情。""雅俗之间，好像只在一步之遥，这一步是曲？是唱？是乐？或是三者的完美结合？武宁采茶戏《游园惊梦》就是这个完美的结合。"还有更多在外乡的游子发来诚挚的赞美和祝贺："我在慢慢欣赏着，听醉了，家乡的茶戏真好听，吸收了黄梅戏和赣剧的精华，不失茶戏的韵味，百听不厌。"北京的戏迷朋友赞美"有如珠圆玉润，黄鹂鸣涧，比昆曲别是一般美妙""这个旋律就是武宁山水的旋律，真诚地表达出来，雅俗并陈，意调双美"。

作为非遗文化武宁茶戏的传承人，陈琴明白经典剧目的价值。她走访武宁茶戏老艺人，系统性地吸收学习经典唱腔，重新演绎了传统武宁茶戏《红梅妆疯》。

30多年前，18岁的她就以"红梅女"的青衣一角，在九江市艺惊四座。30多年后，比对过了黄梅戏、丫丫戏等各个版本的唱腔和唱词，陈琴非常自信武宁茶戏的《红梅惊疯》不管是唱词立意还是唱腔、板式、锣鼓，都是最富于抒情和表现力的版本。

饱受生活磨难、陷入幻觉的红梅女与天真热情的牧童，沉郁激愤的混沌恰好对上不知世事的懵懂，黑与白，悲与喜，幻与真，一个疯疯傻傻，一个憨憨呆呆，红梅女一时刻清醒，为自己的身世悲泣，一时刻陷入幻觉，要上天入地找玉皇阎罗讨要娇儿，一时忘却身在何处，与牧童一起看花扑蝶，一时怒火填膺喝令昏庸的贪官污吏滚出人间，让她红梅女做皇帝。

整出戏真幻难辨，乍一看台上演的是乡间孩童与癫子之间的热闹玩笑，处处又充盈着对旧社会黑暗的血泪控诉，对现实的深刻反讽，对命运的无力抵抗，它的内核是人类无法承受巨大的悲剧而生出的小小反抗，笑即是泪，乐即是悲。

陈琴对这出戏的处理令人拍案叫绝。年轻时大鸣大放的桥段，这时节她偏偏举重若轻，层层递进，层层铺垫，她的步伐如同风中飘絮，表现一个女人被命运抛弃的无力感和人世漂泊的破碎感，她一声声如怨似叹的冷笑比号啕大哭更令人心酸眼辣，她的唱腔更了不得，如掷绢抛帛延绵不断，又在风中不停摇曳变幻，如甩出的钩子一般钩着听者的心，搓圆搓扁，拉长扯絮，跟随着红梅的幻觉一时间上煌煌青天，一时入阴阴地府，一时喜不自胜，一时悲从中来，一时被逗乐了，一时哭出声了，全由她做主，不由自主。

人世间居然有这样的戏，不知道写戏的人是谁，必然也是个失落稗史的蒲松龄、流离野记的汤显祖、隐姓埋名的关汉卿。

陈琴说，如果这片山水能开口，唱出的必是武宁的打鼓歌和采茶戏。

陈琴的想法是在继承传统茶戏赢得观众群体的基础上，步步提炼茶戏中符合当代人审美的元素，创作出带有这片山水基因的当代音乐作品。

陈琴说，自己一辈子走不出武宁山水的美。画山水，捏山水，山的轮廓水的线条，早已经刻画进了自己的血脉，那是音乐，是情义，也是命运。

对我来说，亦是如此。

这片土地上人们唱着什么样的歌，说着什么样的话，过着什么样的日子，那些痕迹如何轻易抹去？那弯弯曲曲的山路，那上坡下岭的路途，那盘旋低伏的声调，那热辣的调笑，接近呻吟的叹腔……都融为了回望的热泪和突然加快的心跳。

歌

一曲歌罢音绕梁，诗里画里是故乡。
客气武宁绝世立，情里爱里美名扬。

——黎隆武

"我哩山歌牛毛多，黄牛身上摸一摸……"打着鼓唱着歌的人们，在山水间劳作、繁衍、死生，山歌是一方人民生命力旺盛和精神富足的投射。武宁自古有山歌、茶歌、滩歌、神歌、插秧歌、车水歌、高腔昂颈歌、平腔山歌、花灯歌以及各种小调，其中武宁打鼓歌被选入国家级非物质文化遗产名录。这些山歌在祖祖辈辈的喉咙里发出，在血脉里涌动，在山水里唱响，也鼓动着作者去发想、思考、创作一支时代的赞歌。

武宁人喜欢唱歌。

上山唱山歌，下河唱滩歌，种田唱田歌，采茶唱茶歌，戏灯唱灯歌，供神唱神歌；耘禾歌、车水歌、烧炭歌、打柴歌，昂颈歌、打鼓歌；还有上百种花腔小调和信口乱弹歌。

也不知武宁人哪来这么多歌唱。乐要唱喜要唱，苦要唱愁要唱。天大的事压下来，好似只要还能开口唱一句就不算个事。

如果说是生活特别滋润才歌唱，这些歌大部分从繁重的劳动中来，从物质简朴的生活中来；如果说是在生命中特别喜庆的时刻才唱歌，有很大一部分歌是以抒发苦闷、控诉不满为基调，沉郁顿挫；如果说是这方山水特别美丽而使人由衷歌唱，江南名胜区的人都要乐了。诚然有这方面的原因，难以决断地说这就是主因。

从这片土地上一个新的生命呱呱降落，牙牙学语，到他生命中每一个重要的时刻，爱、怨、喜、愁，相聚和离别，得意和失意，青春与老去，都有一两只恰如其分的歌崽陪伴，比月光更长情。

有一次和一位外地朋友介绍武宁山歌，正聊得眉飞色舞，手舞足蹈，他突然来了一句，武宁人是不是没被记载到的少数民族啊，汉族人没听说有这么爱唱歌的。

一句话就把我问倒了。少数民族能歌善舞，当然并不能就此倒推出能歌善舞的人就是少数民族。只是我正在演说武宁的歌如何如何多、武宁人是如何如何地爱唱歌，他顺着我的话锋一歪，我还真被他绕进去了。

我没有反驳这明显有问题的逻辑，而是突然想：武宁人为什么这么爱唱歌，以及汉族人真的不爱唱歌吗？

汉民族最早的诗歌总集《诗经》不是来源于民歌吗？《楚辞》最初是用于与神沟通的神歌，汉代的《汉乐府》、唐朝李白和白居易摹写的《古乐府》《新乐府》不就是歌吗？最早用于宴乐的词也是歌，元曲、戏剧，哪一样不是华夏子孙用喉咙接续的历史记录、以情境构建的时代潮流？在中华民族的文化长河里，歌唱是多么深厚且宽广的源流，怎么能说汉民族不爱唱歌呢？

武宁人自然也不例外。

歌唱是一种刻在基因里的隐性遗传，有的人很明显，有的人隐蔽。武宁人这个群体可能表现得较为明显，或者说，武宁这块土地上，歌唱的基因得到了激发。看到这样的表述，我知道已经有武宁人在撇嘴摇头表示不赞同了，他会想我从来不爱唱歌，特别是山歌，一首不会，也不爱听。我想应该也有武宁人看到这句话抿嘴就笑了，脑子里飘过了好几首悠悠的山歌，飘过了老牛背上驮着的云朵，飘过了草木的香气，说不定鼻子里已经在哼着一支有腔无调的歌了。

在乡村生活的人谁不晓得一两首歌崽呢？一年里头最热闹的正月，4个儿童举着红灯笼，4个少女提着花篮灯，跟着花灯队家家户户去拜年，后面跟满了看热闹的人。从第一家起，花灯队跟滚雪球一样队伍越来越大，灯火粘着人、缠着人，每家都是差不多的说道、差不多的唱词，就是要跟着家家户户去看。趁人不防（备）用手摸一摸蚌壳灯的纸壳子，帮着提两脚舞龙灯的龙珠，船灯两侧画着波浪的布匹，近距离看一眼艄公艄婆上了油彩的脸，激动得一宿睡不着觉。要是有幸被选上了举灯童子和花篮少女，全家人都面上有光，到了出门的光景，衣裳扎得干干净净，头脸洗漱溜光，少不得被教上几句进门的吉祥话，串花的时候口里念叨。自己心下也暗暗藏了个心眼子，巴巴望着戏耍的大人学，盼着哪日被人拱出来唱首歌崽的时候脱口而出，长长脸。

"红骟鸡，尾巴拖，三岁伢崽会唱歌，不是爷娘告诉我，自己聪明绕来歌。"

聪明人听人家唱歌，听一两次就学得会，会是会了，若是当人当客唱起来，到底还是心虚面怯，不敢架势（开始）。通常初次上场唱歌的人头一支歌是讨饶的："初学山歌是我们，嗓子不好不由人。四两金鸡才学叫，高一声来低一声，见笑各位老乡亲。"说得这样低声下气，谦虚有礼，大家笑几声，熟识的人帮着喝一句彩，鼓舞鼓舞。唱歌的人得了叫好，又开好了腔，背也挺起来了，胆气也壮，气沉丹田，唱起来自然就顺溜了。

"二十崽俚不唱歌，留得喉咙做什么。人有几个二十岁，一到三十往下缩，要想乐来无法乐。"

歌朴实，话也糙，表达的无非是一寸光阴一寸金、青春时光贵比金的道理。它就像从喉咙里扯出来一样完整鲜活，有着葛藤一般野蛮、粗壮的生命力。不需费心思比拟、设问，似乎这世间的道理从来都是如此单纯而又坦白，想得那么仔细原本都是想多了，简简单单地想，简简单单地做，简简单单地活着，比什么样的生活都更容易快乐，也更接近生活的真相。

在书本还是奢侈品的年月里，朴素的善恶观念和人生道理，就随着一只一只的歌在人们口中传续。劝世人，念古人，说故事，辨是非，唱歌人的肚子里有一座学堂。把锄头往树荫下一搁，一屁股坐在锄头柄上，三三两两的人就围过来了，汗气未干的温度里，社会学堂的课在期盼的眼睛和笑声里开始了。谁也不觉得这是教育，唱歌的人和听歌的人都在一遍遍暗暗揣摩这些古老的寓言，流水一般从一张口流过另一张口，一遍遍冲刷巩固。无须正襟危坐，也没有故作高深，愉悦的歌唱里，质朴而稳固的世界建立完成。

武宁的诸多歌中，最有名气的自然是武宁打鼓歌，国家级的非物质文化遗产。这个名字是20世纪80年代搜集民间艺术的工作者拟出来的。当年选拔民间艺术队伍去九江会演，九江市的工作人员登记曲目，问武宁的推荐单位，这是一种什么艺术形式。武宁文化馆的工作人员也说不上来，就问演员。参演的几人面面相觑，谁也不作声。工作人员又问了一遍，为头的人低声说就是打鼓唱歌。

乡间表演，又不需要报幕，唱了几十辈，从来没有一个名字。打鼓的是鼓匠，唱歌的是歌师，打鼓唱歌是为了催工助产，所谓"一鼓催三工"，鼓匠赚的工分是其他人的两倍，属于艺匠。

过去乡村里会一门手艺是受人尊重的，吃东道时可以比寻常人多吃一碗饭，所谓"一碗客，两碗艺，三碗四碗是农田作地"。过去乡村人家规矩大，去别人家做客，吃一碗饭显得体面，既是为主人家着想，不添负担，又显得自己不馋不贪嘴，绝不肯起身再去添一碗饭的。主人家殷切抢过碗去盛饭，推辞不过才再吃一点儿。在别人家里做手艺活儿，东家要请托着，大大方方吃两碗饭，应该应份，不心虚。若是吃了两碗还去添三碗四碗，主人家固然不好说什么，暗里就把你看低了，只有无礼之人才这副生相。

鼓匠在乡间受人敬重，东家请了他来催工助产，鼓匠请得好，事半功倍，三日的活一日就做得完。东家要准备额外的东道，鼓匠也不自傲。武宁打鼓歌是一人领唱众人和，鼓匠起头，众人帮腔，一递一唱，才能唱得下去，鼓匠一人是成不了事的。活儿做得好，一要靠干活儿的人齐心卖力，二要靠干活儿的人里有歌师搭歌，彼此恭恭敬敬，三方得利，武宁人自古就深谙"和"之一道的精髓。

东方未明，鼓匠踩着露水早早来到山上，东家指给他看今日要锄几亩山，或要耘几厢禾，请了几多人。鼓匠背上鼓是艺匠，放下鼓拿起锄头是内道人，估摸着一日时辰的安排，打算着进度，心下就有了数。看着天色，取出鼓在腰间绑好，鼓槌夹在手指间，田头山坡上有一声没一声地响起了鼓声。鼓声披晨曦破山雾，伴着鸡鸣狗吠，叫醒睡懒觉的人，出工时辰到了。

武宁打鼓歌的鼓与众不同，形状与一般的腰鼓相似，用绸带绑在腰间，用起来灵活，可以自由游走。与一般腰鼓多人同奏不一样，武宁打鼓歌的鼓匠一般是单枪匹马，这就要求鼓的声音更响，传得更远，更为铿锵有力，还要富有变化。于是在材料上选择皮质更硬的黄牛皮，鼓面收窄，鼓身加长，声音脆且厉，不乏深沉，具有声传四野的穿透力。打鼓歌的鼓槌用的也不是木棒，而是用小指头粗细的竹节，尖利且充满弹性，或者麂角，音质更为脆厉。

鼓匠的击鼓方式要佐以手法，按住鼓面，哚，声音低沉，松开手指，咚，鼓声清越，咚哚两声，就能演变出四五番的鼓点节奏。

听到山头田边传来了鼓声，各家各户的人就加快动作，怕落后了受人耻笑，赶紧扛起锄头就上山。见人陆陆续续来了，鼓匠就开始敲出一些变化，耍花活儿，同时也开开嗓，拖长了唱山歌，哟嚯嚯咯哼嗬，歌声像波浪一样打着卷儿在晨曦里散开，田埂上走着的人听着就直奔过来了，笑着听着，这叫冷鼓歌，或叫打冷鼓。

人到得差不多了，鼓匠就打一通鼓，然后起号。也难说清楚何为起号，武宁话叫架势，一只号头就是一个山歌的套路，鼓匠一起头，搭歌的人就知道要接什么歌。比如你唱"到山来"起号，我就接一句"到山扶起土地牌"，后面三句大家都知道怎么唱。若是有人抢号头，接了一句"山上牡丹朵朵开"，只要压上了韵，后面的词就跟着他走了。一个好的号头抛出来，你争我抢，抢到手了唱起来不晓得多得劲。

第一只号头一般是不抢的，这是鼓匠对众人的赞美，请大家帮腔。比方说鼓匠初来乍到，来帮忙的是不相熟的人，可以唱："清早起来雾满天，不知歌师哪一边。一来冇跟歌师作个揖，二来冇跟歌师拜个年，烦劳歌师唱周全。"

如果是相熟的人，也有一般说法："唱歌还要两三人，单人独马不能行。一只巴掌拍不响，一只孤树不成林，还要众班助我声。"

"今日来班好年兄，初相逢。我今一人难开口，拜望列为开龙音。年兄不是别一个，都是八仙会上人。（今日来班好歌郎，到山上。歌郎不是别一个，都是朝中楚霸王。）"

也有性情委婉，不好意思开口就大刺刺请帮忙，就打比打方："港边杨柳坎边栽，不觉两春长起来。树大还从兜下长，花开还从蒂上来，唱歌还靠众班来。"

鼓匠开腔拜托诸位，然后才进入正文。正文第一首歌，也有惯例。一般是《到山来》，人人皆会的，且有个好意头。鼓匠领唱："到山来，到山扶起土地牌。"众人接唱："扶起土地拜三拜。"鼓匠唱："不求子来不求财。"鼓匠和众人一起唱："只求山歌随口来。"

鼓匠和帮腔的人通过第一支歌，彼此熟悉，鼓匠对今日做事和搭歌的人心下有了数，鼓点开始整齐起来。

武宁打鼓歌在西片区的套路是四番鼓，在南边也有打五番鼓的。"起头番，落二番，紧三番，刹四番"，是鼓匠的鼓经。

一番鼓节奏从容，咚啊哚，咚啊哚，让出工的人缓缓进入状态，身体慢慢活动开，个个都能跟上，并不急于求快。二番鼓旋律沉稳，是劳作中时间最长的鼓点，随着平稳的节奏，众人落锄同点，发力均匀，跟着唱也不费力，鼓匠选歌更为挥洒，见人唱人、见物喻物，或是田边走过一个提篮洗衣的女子，鼓匠眼睛一溜，一首歌崽就出来了："日头出山晒门框，望见娇莲洗衣裳，手拿芒槌叮当响，眉丝细眼去斜（看）郎，下下槌在石板上。"引得女子低了头红了脸快步走过去，落下背后笑声一片。也有胆子大的泼辣女人，回头瞄一眼鼓匠，指着田边的鹭鸶回敬一首歌："鹭鸶飞起好白毛，身子不动膀子摇，嘴里衔只旱烟袋，腰间挂的烟荷包，小小光棍嘴长了。"

鼓匠一听，嗬，是个角色，有点儿扎手。但是当着众人面前，不能被比下去，马上鼓点一放，张口也来一首："鹭鸶飞起翅膀掖，不落田埂落田缺，碰到泥鳅来上水，一嘴啄个两半截，看你作孽不作孽。"

有来有回，众人看得稀奇。偏偏女子也不好惹，我从田边过，无故被你轻薄，我不过说你嘴长撩闲，你就要啄我作半截，那还了得。这下口气就不善了："唱好歌，好歌回，大山不怕影子摇，过路菩萨不怕你，大田不怕蛤蟆啼，唱不将歌你死去回。"

一来一往，大家的情绪就全调动起来，一个两个眼睛直鼓鼓看着，鼓匠倒有点儿为难了，认真和女子对骂，就显得器量狭窄，赢了是欺负人，输了是技不如人，到底是吃这碗饭，丢不起这个人。少不得讨饶几句好话，好让对方撒手走开。"绿豆仔，开绿花，愿姐把个好人家，堂前吃饭婆捡碗，房内梳头郎插花，石板铺路到娘家。"若是不愿告饶示弱，也可打比方，唱一大串故事："腊月螳螂去捕蝉，一只黄雀后边跟，黄雀又被弹弓打，弹弓之人老虎吞，老虎掉落枯井里，枯井又被黄土淹，青天之外还有天。"对歌的人听了这番话，说得有理，比方得有趣，也听出了"天外有天"的弦外音，思想自己也须得理饶人，认真对起来，不一定就真能讨得了好，即使艰难赢了，传开来名声也不一定好听，点点头就走开了。

鼓匠撩闲不过是为了助兴取乐，到底正经事是催工助产，督着众人同心同力，若是看见哪个偷懒不使力，或是拉开两三步，或是锄头挥上天、下锄轻半边，鼓匠就留心了，一两步走到跟前："莫停留，肩起锄头挖几锄，一人阻住千江水，一马不行百马忧，赶紧向前莫停留。"人都要脸，被识破了赶紧跟上，不然还不晓得鼓匠嘴里会说出什么词。

挖山挖了一大半，人们渐渐疲乏，也有些松劲了，鼓匠看着就开始加快鼓点敲三番鼓了，一声紧接一声，一句是一句，歌一出口大弯锄一样上抛下坠，一口唾沫一块钉，句句有分量。唱了大半日，这就见鼓匠工夫了，换气不见换气声，两句当中莫迟疑，挥锄做事的人脑中不作他想，只有一声一声的鼓点、一句一句的歌声，发力、举锄、呼气、落地，同呼吸，共节奏，嗜呀咧，嗜呀咧，是劳作，也是舞蹈，是歌声，也是步调。山谷在这高亢深沉的声响前也沉寂起来，风声似乎也停了，只有鼓声和歌声充斥四野。

只剩最后一点儿活儿了，鼓匠干脆甩开了膀子敲起四番鼓，又叫小鸡啄米，咚咚咚咚，歌声也越发高亢："日头渐渐往西移，黄牯拉犁借（沿）路回，好马思量栏中草啊，好汉思量脚尾妻，何不收工早去回。呜呼——"

"收工。"

一日的劳作完成，众人意犹未尽，大脑皮层还在亢奋震颤，肉体的疲累后知后觉。人们使尽了最后一点儿气力，杵着锄头立在地里，还要吵着听几只歌松快松快，才一个两个拖着脚步往村庄里行。

艰辛劳累的耕作，成了鼓匠与众人协作的演出，以大地为舞台，以日月为观众，山水花鸟风雨人联合出演，力与美的喷薄，豪情与奋斗的对抗，生命的华彩在不知名的深山里开幕谢幕如山花绚烂一瞬。而那一个一个满肚子歌崽的鼓匠歌师，犹如漫天星斗，在时间的天幕里一个一个消逝。

有一年去往东林乡采访"歌王"孟凡林，他是武宁打鼓歌首位国家级非遗传承人。他家住在半山腰，门前是一丘大田，还是黄泥筑的土房子，老人家70多岁身体硬朗，不愿跟儿女住一起，自己一个人种田作菜，闲来打打鼓唱唱歌喝喝酒，见有远客来十分殷勤，拉住叫吃饭，立马往楼板上噔噔噔取了半边腊猪头下来蒸。

孟凡林最擅长的是昂颈歌。昂颈歌这个名字也是后来才有的，乡下叫曩（方言，此处读：nàng）颈歌，也有乡镇叫挣（方言，此处读：zhàng）颈歌。不管是"曩颈"、"挣颈"或者"浪颈"，这些词本来都是骂人的话，谁扯长了脖子用尖利的声音喊话，用力到脖颈上青筋都扯起，旁人听到就说："你曩颈啊，耳朵都要被你曩破了。"

记得小时候村庄里有一位婆婆眼睛不好，日日坐在屋里不出门，偏偏她孙子调皮，闪下眼睛就疯跑四处去。每日黄昏炊烟散满村庄，就听到她在大门口扶着半门，喉咙向天扯长了喊："细崽俚啊，细崽俚呐，回来过夜哦（吃晚饭），崽呀崽啊，你在哪儿啊？你应一句喽。"喊到后来气汹汹，声音震颤却不减绵长，"蠢崽呐，你到哪儿去了，这副血伤。"歇一会儿又放软下来，"乖崽呀，你回哦，你饿得喽，过夜啊。"

上屋下屋到村口，人人听了都摇头，又在曩颈了，这个崽俚真是只青皮梨。有一日我在四五里远的山上摘茶籽，都遥遥听到了她的呼喊，穿透力刺破虚空，让此刻隔了20多年远离家乡坐在灯下的我，耳边又响起了她饱满的呼唤，她颤悠悠的尾音，呼喊里情绪层次分明的递进变化，一瞬间让我回到了童年的小村庄。

如果说这位婆婆的呼喊如炊烟袅袅，孟凡林的歌声则如烽火烟台。高亢处如投掷烟弹，迅捷有力，然而余音不断；柔情时情感浓烈如初开的花朵被春风抚摸轻颤，让人心弦波动。他每一句歌里轻重强弱的变化无从捉摸，真假声随心所欲切换，嚯咯嘿呀等丰富的衬字垫词好似涌泉抛珠，让他的歌声灵活不呆板，他的复式发声法让上海音乐学院的教授大为惊异，不知他的共鸣与颤音到底从哪里发出来。

当你看他现场演唱，看这个老农民精瘦精瘦微微伛偻的身体，黝黑的脸上沟壑纵横，两个眼睛陷在深深的眼窝里，牙齿只剩下三四个桩，真不相信他会唱歌。等他张开喉咙一放声，脖颈上扯出明晃晃的筋和皮，声音却鲜亮如一管活泉水，像扑啦啦放出一群云雀，越飞越高，至高处像少女的乳声，渺远不可及，倏然一个转折，瀑布倒悬直冲地底，万钧之势立时一顿，又被稳稳托住轻轻放下。

那日，他在门前的坪里打鼓唱了几首，我们去得匆忙，没有提前通知他，本来应该请几位歌师来搭歌，唱起来才有滋味，一个人打鼓唱歌，只能唱唱山歌玩罢了。他待客热情，唱歌的意兴却不高，唱了几首要停下来和客人说话，突然屋后的山上传来了歌声，有人正在山上砍柴，被鼓声引动了兴头，就搭唱起来了。孟凡林一听，顿时眉眼都动了，正一正鼓，唱起一支《到山来》，山上不知何处传来了两三人的声音帮腔，风自四面来，四面山鸣谷应，树木葱茏，禾稻起伏，好似都在应和，鼓声在耳边，歌声自天外来，唱歌的人不见踪影，他们的声音却铁索横江一般紧紧束住了听者的神思，我们不由自主屏住呼吸，聆听这因缘际会的天籁。

"天光起来做到夜，世间人。男人殷勤仓仓满，女人殷勤件件新。仓仓满，件件新，世间衣禄不求人。"

武宁打鼓歌除了劳动，另一个特色就是情歌。

听武宁的情歌，会爱上武宁的男人女人。如此多情又痴情，钟情又擅于表情。听听这首山歌："（男）生要连来死要连，生死不离姐面前，生要与姐同凳坐，死要与姐共枕眠。（女）共条凳来共盏灯，共张白纸写生庚。郎到阴间变个佛，姐到阴间变炉香，变炉香火伴情郎。"

到哪里去找这么一群快活的人，心思活络，情趣百般，又会缠又会逗，又是柔情又是痴。

"天上起云云头多，哪条山沟不通河。哪个男人不想姐，哪个女人不想哥，斑鸠也有两公婆，男女心思差不多。"

关于爱情，男女都是大大方方，没有什么好羞臊的，"斑鸠也有两公婆，男女心思差不多。"这就有《诗经》里头"关关雎鸠，在河之洲，窈窕淑女，君子好逑"的味道了。

武宁打鼓歌的歌词一般是五句，首句起兴，尾句画龙点睛。也不知道这些山歌是谁诌出来的，真是煞费苦心，诌断了肠子亏他想得出来。比如有一首情歌："鸭嘴冇得鸡嘴尖，歌嘴冇得姐嘴甜。记得那年亲个嘴，三年没买油和盐。"单听这四句简直不知所谓，没头没尾的不知道他在比方什么，表达什么意思，再听尾句："而今还是蜜样甜。"原来如此，真叫人拍手叫绝。再听一首："山歌不唱使人呆，清水不挑长青苔。撇开青苔挑担水，撇开撇开又拢来，好比情哥难丢开。"

《诗经》有赋比兴，武宁山歌也有起兴、比方和铺陈，比方说相思，没有比这还苦的："想姐想得好心焦，砍起柴来跌落刀。吃起饭来跌了碗，走起路来光跌跤，不成相思也成痨。"

有人说，武宁的情歌都是唱给一个叫"娇莲"的女子。

不知道她是哪朝哪代何时何地人，生在了哪乡哪镇，哪条山垅水沟边。她是武宁的西施，武宁的维纳斯，她是爱与美的化身，欲望与希望的结合体。

她个子高还是矮，"娇莲长得美又高，油头梳起七寸高，先扎燕头后梳尾，梳起燕尾像剪刀，要把情哥想成痨"，身材胖还是瘦，"娇莲生得细丁丁，细脚细手细文身（身材），走起路来风摆柳，说起话来月弹琴，细细姑俚想煞人"，皮肤黑还是白，声音高还是低，她究竟长成什么样"娇莲生得一枝梅，八幅罗裙一整齐，堂前作揖神也爱，河下洗衣鱼摆尾，走进花园喜鹊啼"，日常做什么打扮"日头出山晒门框，望见娇莲梳油头，左边梳起盘龙结，右边梳只凤点头，十人看到九人谋"，嫁给了谁，活了多少岁，过着怎样的日子，都是一个谜。

我在生活里还没有遇见过叫娇莲的女孩。"娇"和"莲"都是武宁人爱给女儿取名用的字，组合在一起的我偏偏没遇见。可能父母再盼着女儿生的好，也不一定就取名叫西施，否则叫了娇莲让人唱来唱去，沾惹不清。这恰好反证"娇莲"这个看起来普通的名字有着多大的影响力。

娇莲除了娇滴滴，她也是体贴的、忠贞的、刚烈的，还带有女儿家的娇嗔。可以听听这些歌："风吹禾叶行对行，人家疼姐我疼郎。吃个麻雀留条腿，吃个鸡蛋留个黄，看我疼郎不疼郎。"

在劳动与爱情之外，最刺激的还是对歌。有许多人包括我都曾被电影《刘三姐》中机智的刘三姐与腐儒秀才们的对歌场景逗乐，印象深刻。武宁人在对歌中迸发出来的幽默自信和大胆形容完全不输《刘三姐》。

"你歌冇有我歌多，我有十万八千箩。大船装到江苏省，小船装到箬溪河，搁头搁尾都是歌。

"你歌冇有我歌甜，唱起我歌当过年。南京北京唱交转，武宁县里唱三年，还留三百只歌作盘缠。

"桐子开花朵对朵，要我对歌就对歌，你歌哪有我歌多，我歌多得过船拖，拖走你家门前过，落只山歌打破你只煮饭锅，我歌多！

"一根牛绳就地拖，拖得对门乖崽乖孙斗长歌。你长歌冇得两三只，肚里只得两个细屑歌，如何耐得老子何。

"一只黄牛白尾巴，崽里出身就骂爷。上昼骂爷驮了打，下昼骂爷驮嘴巴，看你下次还敢骂爷不骂爷。

"你歌冇有我歌难，把只难歌对你谈。桅杆梢上晒床谷，骑牛跨马上去翻，看我歌崽难不难。"

关于对歌，有逢年过节大家托着板凳坐拢来，你一支我一首地唱，有鼓匠相逢被起哄斗歌激发来唱，也有青年男女一个上山砍柴一个林里扳笋，隔条坽互相撩拨唱开来。

2013年6月，有人约我去石门楼镇的一个山村里拍耘禾鼓。青螺髻堆成的山坡尽是一圈一圈弯弯的梯田，初夏草木纷披，鸡还未啼，村里约好的人就到了最顶上的田边，搓了禾秆编耘禾专用的八字草鞋，套在大脚趾间，看热闹的、来帮忙的挤了一坪。鼓匠在前头一声"走哦"，二三十个壮年男女卷起裤腿，赤着脚掌，挂着翠青的竹棍，踩着碧绿的田埂走下田来。

禾苗才到膝盖，耘禾的人用竹棍支撑着身体，左脚右脚绕着禾苗，大脚趾夹住稗草，往回一扯，一拧，一踩，把稗草拔出又深埋进泥里作肥料。随着鼓点节奏，左脚右脚轮换，让我想起彝族舞蹈《阿细跳月》，耘禾的步法在鼓匠的鼓点和歌声里有着一种奇妙的旋律，是献给大地的祭祀，是生命与生长的舞蹈。他们的脚搅得水田哗啦哗啦响，好似一群鱼活泼泼地攒动。鼓匠说得好，耘禾就是用脚在田里写大字，脚趾头灵活心思正，护住了禾苗踩死了草。

耘禾的人们投入在水田、鼓点、禾苗、歌声和风中，坪里有一个婆婆满面堆笑，手舞足蹈，嘴里好似还喃喃着歌。我一开始以为她或许是乡村里偶尔会有的那些精神失常的人，看她跟着耘禾的进度，随着鼓点挥手，又正中节奏。不由问当地人她是谁，村里一位豪爽的大叔就引我到她坪里去，路上介绍说，秀子婆最喜欢唱山歌，她老公就是对歌对来的。她小时候得过病，可能是小儿麻痹症吧，右手蜷着没用了，个子又细人也生得不好看，要不是会对歌，哪里有人要，现在还生了几个崽，算好命咯。

我大为惊奇，走到秀子婆跟前，看她一头短发都已霜白，满面皱纹笑得如一朵菊花，眼角嘴边都是欢乐，看见我拿着话筒过去也不躲，还是颠颠地前后挥舞着左臂，右手不太用得上力。

　　我也不知能问她些什么，就笑着说："听说你和老公是唱歌认得的，当时是怎么对上歌的？"她一听，笑得打仰栽，有些得意又有些臊："不就是他在对面山上推杉树，我在这边打猪草，他就来撩我，一来二去就认得了。"我是真好奇："他撩你，你怎么回的？"她脱口唱了两句歌，都是方言里脏得不能在电视播出的话，我笑得扭过脸，让摄像别拍了。再看她，浑然不觉有什么，嘻嘻地眯着眼笑，好似又回忆起了当年的景况。

　　我向她道别，就往山下走，刚才的大叔过来和我说，她丈夫死了好几年了。我不觉一惊，顿时觉得抱歉提起了人家的伤心事。回头看她，还在笑眯眯地看我，我一回头她就招了招左手。

　　大叔说她生性快乐，每日洗衣煮饭都是口不离歌。我心里五味杂陈，在水田里的鼓点中低头走着，听见他们在唱一支欢乐的山歌，不觉听住了："上只岭来下只窝，放下锄头就唱歌。人家哇（说）我穷快活，我活到世上不奈何，唱只山歌好过得多。"

　　原来如此。

　　不知道这些歌是谁诌出来的。是什么激发了武宁人的歌唱基因，是连绵起伏如抒情小夜曲的山脊线，是曲线婉转如温柔摇篮曲的大河波浪，是顿挫有力的山崖、奇峰兀立的陡壁，是一泻千里的悬瀑，是山里人挑着生活的担子一踩一个印沉重的脚步，哎哟，哎哟，从心窝里投掷向山窝里的闷雷般的叹息。是春来烂漫的山花，打翻水彩盒子般泼喇喇出挑又鲜艳的色彩，是江南一声接一声的鸟叫，噪鹊，伯劳，鹧鸪，四声杜鹃……山在歌唱，水在歌唱，大自然在歌唱，人们居住其中，感时共鸣，发心为歌，又怎么不放声纵情呢！

"边唱山歌边种田，不费工夫不费钱，自己唱出心里话，别人听了也新鲜。

"出门三步就唱歌，别人说我快活多，日里唱歌当茶饭，晚上唱歌当被窝，半夜唱歌当老婆。"

古诗说，我生之初尚无为，我生之后逢此百罹。没有不遭罪的人生，没有不流泪的别离。生年不满百，常怀千岁忧。忧谗畏讥、愁苦闷塞一辈子又能如何，不如学曹操对酒当歌，高唱人生几何。他看得透人生譬如朝露，去日苦多。

人一辈子这回事，武宁人是豁达的，唱唱歌，谈谈心，晒晒太阳见见光，心眼敞亮地过日子，不白来世上走一遭，就是好的。

山歌要唱话要谈，人无两世在凡间。人无两世凡间走，水流东海转头难，将钱难买少年间。

武宁是有长篇叙事歌的，都是感天动地的有情人故事。《梅花三百六》，唱瘦一身肉。谁人听我《海棠花》，吠杀一只狗，磨坏一张刀，摇杀一只竹。这两本都是有名的长歌，能唱一整宿，若是歌师吊人胃口，每夜唱一场能唱上一月，让人不思茶饭，听得如痴如醉，衣带渐宽，可不是唱瘦一身肉。

海棠花和阮怀川的故事则刻画了阮怀川这个痴情郎，好不容易与海棠成了亲，谁知海棠一病不起，阮怀川为她寻医问药，求仙问道，愿舍命相救，最后情人长逝，阮怀川日思夜想，哭得坟头草青，最终上天让海棠起死回生，有情人长相厮守。歌师唱起《海棠花》，听得狗都不忍，狂吠不止突然倒地气绝，这叫"吠杀一只狗"，真亏得人想来，连畜生都听得动情。磨刀的人听旁边有人唱《海棠花》，侧耳倾听，越听越有劲，手下不停磨刀，把刀都磨穿了还没回神，可见歌声有多么让人着迷。另一个人离得远远的去林里斫竹，听得不舍走远，抱着竹来摇，把竹摇断摇死，还痴痴听着。唱歌的人说，这些都是真实发生过的事，传到了现在，歌传奇，听歌的人也成了故事。这种手法和古诗里写秦罗敷的技巧何其类似，只能说明古今的智慧是相通的吧。

武宁的歌和山水和生活贴得特别近。上山下岭，外公双手把着茅刀背在身后，弓着腰，鼻子里牵牛似的牵着一支调，嗯嗯哼哼，忽轻忽重，忽长忽短，被山风扯得细细地，有时又淹没在松涛里。一根毛刺搭在转弯处，他提起刀来一拉，"嗯"声重了一霎，又顺着呼吸轻快了。一滩牛粪堆在路中间，下脚都没地方，他鼻子里吐一个"哼"，好似落了一块石头在路上，借着这个支点一提脚，就跃过去了。

他哼得那样有滋有味，好似整张山只有他一人在走，我和来处，以及目的地都不在他的考量之内。我看着他的背脊，不由叫一句："公啊。"他嗯一声，那支歌没有停。半日，我又叫一声："公啊。"他转过头来，看着我："做什么，要我驮啊？"调子停了，他又变回了往日的外公。我摇摇头，他背过身去，双手背好，不一会儿，那支调子又从他鼻子里游了出来，游到我的耳边，漂浮了30

年，他人已经躺在黄土里5年了，这支无腔无词的歌仍然悬在故乡的山里，四处游弋。只要我一走进那座山，踏上那条路，外公的声音就在风里游动，他一颠一颠的背影，背脊上掺杂松香柴灰的汗味，手上攥着的木头把已经敲花了的茅刀，都在我的眼前晃动。

不知道一首山歌经过了多少代人的喉咙打磨，从最初山色松涛，叹息呼喊，上坡下岭时血管突突的跳动，日出的露水温度，黄昏日落的余热，月亮告别枝头，乌鹊晃落霜针，自然极其微小细致的动静落入极清极静的心灵，如一颗石头滚落琴弦，于是化作鼻子里盘桓的山洞回声，随口一声无腔的长啸，再编入老人们朴实的箴言，突然看见的斑鸠追逐，耿耿星河天幕流动，不合眼的长夜尽头一声鸡啼。情人的一句戏言，伴随潋滟眼波的一声啐骂，一首歌如同春蚕吐丝般于虚空中现形，浮现轮廓，成型，流传到今。语言和情感本是无形无迹之物，难以捕捉，难以呈现，一辈一辈嚼秆咀草的人吞下这方土地上所有深沉的热辣的沸腾的冰凉的日子，唱出了一支支歌。

我敢断言，总有一日人们还是会来扒开乡村的余烬，寻找这些回旋于天地的火种，这些经过一代代口齿锻造的宝物。在无人留心之处，它们化作点点萤火，于月光下飞舞，一遍一遍重复人类关于生活炽热的诚言。

唱歌不是人发癫，而是前辈往下传。一人传三三传九，一代更比一代鲜，就像江河源流远。